Heibonsha Library

スロー・イズ・ビューティフル

平凡社ライブラリー

Heibonsha Library

スロー・イズ・ビューティフル

遅さとしての文化

辻 信一

平凡社

本著作は二〇〇一年九月、平凡社より刊行されたものです。

目次

まえがき

スロー・イズ・ビューティフル。Slow is Beautiful.

スローとは「遅い」、「ゆっくり」という意味です。このスローということばに、ぼくは現代用語の「エコロジカル（生態系によい）」とか、「サステナブル（永続性のある、持続可能な）」とかの意味をこめています。だから、読者は本書に繰り返し出てくるスローを、その都度「エコロジカル」や「サステナブル」と読み替えることもできるのですが、ただ、そうした新しくてまだこなれていないことばを使って自分たちの思いを掬《すく》いとろうとする時、どうしてもこぼれ落ちてしまうものがあるだろう。現代用語の器には入りきらないその部分を、もっと平凡で陳腐なことばの、より広い器で掬いとりたい。そんな思いで、ぼくはスローと言います。

この一見凡庸なことばに、しかし、どれだけの詩的エネルギーが潜んでいるか。それを試そうと、このことばに、現代生活のさまざまな基本語彙を組み合わせてみます。スロー・エコノミー、スロー・テクノロジー、スロー・サイエンス、スロー・フード、スロー・デザイン、スロー・ボディ、スロー・ラブ……。こんな一種のことば遊びが、ぼくたちの想像力を解き放ってくれるかもしれません。現代社会に流布している「常識」とは異なる、もうひとつの経済、もうひとつの技術、もうひとつの科学、もうひとつの食生活、もうひとつの美的生活、もうひとつの身体、もうひとつの愛のあり方に向けて。

しかし、「もうひとつの《オルタナティブ》」とは言っても、この本には何か目新しい理論のようなものがあるわけではありません。特に理論に詳しい人にとっては、むしろ古いことの蒸し返しという感じがするかもしれない。だが、その蒸し返しをこそぼくはしてみたいのです。

ビューティフルという形容詞。三〇年ほど前、米国の黒人たちは「ブラック・イズ・ビューティフル」と唱えました。それまでの長い被差別と自己憎悪の淵からはい出して、自らをありのままに受け入れ肯定することの、それは宣言でした。同様に、ふつう「美しい」と訳されるこのビューティフルということばを、ぼくは次のような態度だと定義したいのです。そのもの本来のあり方を、遠慮がちにではなく、といってことさら誇るのでもなく、他を否定するのでもなく、他との優劣を競うこともなく、ありのままに認め、受け入れ、抱擁すること。

成長、景気、GDP、効率、競争、大量生産、大量消費、大量廃棄、開発、科学技術、IT、遺伝工学。思えば、これらを合い言葉とするぼくたちの社会は、実はぼくたちの身体性や日常生活や文化をめぐる夥《おびただ》しい数の否定形によってこそ可能になったのです。それまでのぼくたちの慎ましやかな経済は、生業は、生活の技術は、伝統的な知恵は、食生活は、人と自然とのつながりは、人と人との結びつきは、愛は、美意識は、身体性は、あまりにもスローなものとして否定され、卑下されて、いわばそれらの残骸の上に、「豊かな社会」という名の怪物は栄えました。今、その怪物はさらに巨大化、加速化し、グローバリズムとなって世界を席巻しています。

だからぼくたちの社会は、時代は、自己否定や自己憎悪という呪詛に満ちている。スロー・イズ・ビューティフルは、その呪縛に対抗し、そこから自らを解き放つための、自前のまじないであり、処方箋であり、心構えであり、祈りでもあります。

この本の章だてに、特に深い意味があるわけではありません。どの章から読み始めてもらっても、またどこへと読み継いでもらっても構いません。この本とともに過ごすあなたの時間が、心地よくゆったりとしたものとなりますように。

I

第一章　もっとゆっくり、今を

もっとゆっくり、君は速すぎる
この朝が続くように、
石の道をただブラブラと
楽しいことがありそうな
すてきな気分

（サイモンとガーファンクル「59番街橋の歌」より）

ドネラ・メドウズのメッセージ

新聞を読むともなく眺めていると、あるカタカナのことばが目にとまった。メドウズ。名もない雑草や低木が花を咲かせる川沿いの草地。ぼくの好きな英語のひとつだ。ドネラ・メドウズ。あの人に間違いない。

その記事にはこうあった。米国の女性人口学者ドネラ・メドウズさんが亡くなった。一九七二年にローマクラブが出した「人類の危機リポート・成長の限界」の主著者である、と。花の咲き乱れる草地の風景に寂しさが広がった。

『成長の限界』はその名のとおり、当時の経済成長路線を続ければ、人口増、資源枯渇、環境汚染による破局は不可避だから、そろそろ成長を止めなければならない、という研究報告書だった。シューマッハーの『スモール・イズ・ビューティフル』（一九七三）とともに、環境問題との関係で経済を根本から見直そうという気運をつくり出した画期的な本として知られる。だが、そんな気運も、その後三〇年近く、いまだに世界中の成長路線の流れを大きく変えるには至っていない。ぼくたちの住む現代社会はいまだに無限成長という「宗教」を信奉している。もちろん今では環境危機について人々が語らぬ日はないくらいなのだが、同時に、その同じ人々は日々景気の動向に一喜一憂し、GDP（国内総生産）や経済指標が上向くことを願い続けている。企業のほとんどは今や成長派であると同時に環境派だ。「地球にやさしく」、「エコロジカルに」、と企業が言うのは、その気もないのにただ企業イメージのためにそう言っているというわけではないだろう。環境問題にしっかり取り組むことで、「成長の限界」もまた突破できると、まじめに信じ始めているのだ。

ドネラ・メドウズの死を伝える記事は、彼女の晩年についてこんなことを教えてくれた。大学で教えるかたわら、彼女は二〇年間にわたって「バラトングループ」という科学者の会を主宰した。

「毎年九月の一週間、ハンガリーの保養地バラトン湖畔に四十人ほどが集まって自由に議論する。最近の話題は、水やエネルギー、時間の価値だった。参加者には、自分の国から石を一個もってくるよう頼んだ。それを片隅のテーブルに並べておいて議論した。」

石。足尾鉱毒事件の田中正造が死んだ時、彼の数少ない所持品のひとつだった石ころ。水俣病を生き延びた人々が、水俣湾の埋立て地に祀り続けている魂石《たましいいし》。メドウズが石に込めた思いはなんだったろう。

水、エネルギー、時間。それらについて考え、議論するには、確かに石を前に置くのがふさわしい、という気がする。ゲーリー・スナイダーは石を前に詩を詠み、クロード・レヴィ＝ストロースは石を前に人間の文化を研究する。石の時間、地質学的時間、地球時間に思いを馳せながら、人類が今直面する水、エネルギー、時間という大問題を考える。メドウズはそう思っていたのかもしれない。

ドネラ・メドウズの仕事にぼくは詳しくない。「リサージェンス」誌（英国のエコロジー思想の雑誌）に載る彼女の文章を楽しませてもらっていた程度だ。ただほんの数カ月前間接的に彼女との短いやりとりがあった。ぼくが世話人をしているナマケモノ倶楽部（一九九九年に発足した環境団体）が、英文ホームページに彼女の文章を掲載する許可を得るために、電子メールを送った。彼女は間もなく返事をくれ、掲載に快く同意してくれた。それは雑誌の一ページに収まってしまうくらいの短いエッセイにすぎないが、ぼくには特別な思いがある。たまに読み返してみる。時には声に出して。するとその度にそれは不思議な力でぼくを満たしてくれるのだ。もう一度、今はこの世にいない彼女の声に耳を傾けてみることにしよう。（以下、原文を意訳、必要に応じて省略し、全体の文意を損なわない限りで字句に変更を加えた。）

もっとゆっくり（Not So Fast）

ドネラ・メドウズ

世界を危機から救わなければならない、と思っている人たちというのは解決策を売り込もうとみんな忙しく駆け回っていますね。私もそのひとり。環境危機、飽くことを知らない権力欲と物欲、倫理的荒廃、麻薬の蔓延、犯罪の増加、人種差別など、あげればきりのない危機と疾病の数々。それらに対して、炭素税、選挙制度改正（改悪？）、教育改革、税制改革、絶滅危惧種保護法。規制の強化、いや緩和。これまた長い、長い処方箋の数々。各自が担いだ錦の御旗で、私たちは互いの頭をボカボカとたたき合っているというわけ。

でも、世界危機を救う方法として、ひとつ、我ら熱狂的な運動家や活動家がいまだに提案したことのなかったものがあるんです。

それは、スローイング・ダウン、つまり減速すること。

私が熱中している「世界を救え」運動は、環境運動。つまり、母なる地球に生きるものとしての、限度をわきまえた持続可能な生き方を求める闘い。他の運動はともかく、少なくともこの私たちの運動に関して言うなら、まさにスローイング・ダウンこそが問題解決のために最も有効な解決策だと言えそうです。

いつも私たちは急いでいる。いや、急いでいると、思い込んでいる。でも今、その思い込みを取り払ってみるとどうなるでしょう。すると、自動車で行くかわりに歩いて行けるかもしれないし、飛行機で行くかわりに帆船で行けるかもしれない。別に急いでいないならば、もっと時間をたっぷりかけて、自分の出したゴミを自分でかたづけることもできるでしょう。ブルドーザーで地形を永遠に変えてしまう前に、コミュニティの住民たちがじつくりと納得のいくまで話し合うこともできるはず。残り少なくなった魚を、さらなる分捕り合戦で絶滅に追い込む前に、一体世界の海がどれだけの魚を再生産できるのかを学ぶこともできるでしょう。

想像してみましょう。ゆっくりと歩く。すると道端の花の香りを嗅ぐことができる。生活のペースを落とす。すると、今まで忘れていた自分のからだをまた感じ始めるでしょう。子どもと遊ぶこともできる。手帳にビッシリ書き込まれた予定表のことを考えずに、愛する人との時間を楽しむこともできる。ファスト・フードを大急ぎでのみ込むかわりに、スロー・フード、つまり自分たちで育てたり、料理したり、盛りつけたりした食物を心ゆくまで楽しむこともできる。毎日、静けさの中にじっと坐って時を過ごす自分を想像してみて。

もし、私たちがこんなゆったりとした生き方をしていたのなら、「世界を危機から救え」と私たちが言う、その「危機」なんてそもそも起こらずにすんでいたんじゃないかしら。だって、ゆっくりやるということは、旧来の道具をフルに使いこなしながら、最新の技術に注ぎ込まれる大量のエネルギーや材料を消費せずにすませることを意味するはずでしょ。そして時間節約のためのさまざまな新製品を買わずにすませるということ。（それにしても、買い揃えたハイテク機器が節約しておいてくれたはずの時間は、みんなどこへ行ってしまったの？）物事をもっとスローに進めれば、私たちがこれまでのようにたくさんの失敗を重ねることもなくなるでしょう。相手の言うことにもっと耳を傾けるようになり、互いに傷つけ合うことも少なくなるでしょう。さらに、何かの問題の解決策として「これ以外ありえない」と思えるような時でさえ、もっと時間をかけてそれを吟味し、現実にどんな効果や副作用があるかを試験してみる心のゆとりができるかもしれない。

「活動家の狂おしいまでの情熱が、平和のための彼のせっかくの貢献を帳消しにしてしまう」とは宗教家で詩人のトーマス・マートンのことば。確かに熱狂は変革者の心に性急さ、過労、不寛容、あせり、いらだちを生み、内面的な平和をかき乱す一種の暴力ともなりますよね。内面の平和を知らない人に果たして、人の世の平和がイメージできるものかしら。

インドの友人が私に言うんです。西洋からの商業広告の大波がインドの文化に大打撃を与えてきたが、それは広告の内容のせいというより、そのペースのせいだ。特に高速スピードで感覚を激しく刺激し続けるテレビのコマーシャルは、インド文化に何千年と続いた瞑想という伝統を真っ向から否定するものだって。わかる気がします。私自身、インドでは物事のペースがあまりにものろいのでずいぶんイライラさせられたから。「全くこの人たちったら、「時は金なり」っていうことさえ知らないの？」なんてね。

今思えば、「時は金なり」を知らなかった彼らが知っていたのは、「時は命なり」ということ。そして、大急ぎで生きることは命のムダ使いなり、ということ。

スロー……、ダ・ウ・ン。とにかく、そこから始めよう。しかる後、静かに、慎重に、次の一歩を考える……。

これが世界を危機から救う第一歩。とは言ったものの、そういう私が実はその一歩をなかなか歩み出せないでいるんだから困ります。頭ではわかっているつもりでも、すぐに世の中のペースに巻き込まれてなかなかスロー・ダウンできないでいるんだから。私の知り合いの運動家や活動家のほとんどがそうであるように、私もまた、健康的な食生活を送ったり、静かにくつろいだり、休暇をとったりするにはあまりに忙しすぎる。あまりに忙しくて考えることすらできない日もあるほどです。

そんな私のような環境活動家への皮肉を込めてでしょう、エドワード・アビー〔米国の作家、環境思想家。一九二七―八九〕がこう言ったことがあります。

「大地を守るために闘うだけでは十分と言えない。それよりもっと大事なことがある。

それは大地を楽しむこと」

いい忠告でしょ。でも残念、今は忙しくてそれどころじゃない。「私には救わなきゃいけない世界があるんだから」、なんてね。

「今はそれどころじゃない」の「今」

「今はそれどころじゃない」と大人が言う。すると子どもが「じゃあ、どれどころなの?」。「こうしてはいられない」と大人。「じゃあ、ああしたら?」と子ども。ぼくたち大人は確かによく「こんなことをしている場合じゃない」と思い、またそれを口にする。では、どんなことをしている場合なのだろう。

「今はそれどころじゃない」と言われて、「それ」は否定される。外される。しまい込まれて、やがて忘れられる。「それどころじゃない」と一度言われた「それ」が、もう一度呼び戻されて「今こそそれを」となることはほとんどない。

「今はそれどころじゃない」と言われて、「今」はどうなるのか。「今」もまた「それ」を外されて空っぽになる。宙ぶらりんになる。「今はそれどころじゃない」は、一見、「今」を重く見た言い方のようでもある。つまり「大事な今」には「それ」よりもっと大事な何かがふさわしい、というわけだ。しかし、「今」が「それ」に代わる、よりふさわしい何かによって満たされることはなかなかない。だから大人たちの「今」はいつまでも空っぽのまま。子どもの目にはそれがよく見えるのだろう。

初めてヨーロッパを訪ねたサモアの原住民ツイアビは次のように語ったという。

「かりに白人が、何かやりたいという欲望を持つとする。……日光の中へ出て行くとか、川でカヌーに乗るとか、娘を愛するとか。しかしそのとき彼は、「いや、楽しんでなどいられない。おれにはひまがないのだ」という考えにとり憑《つ》かれる。だからたいてい欲望はしぼんでしまう。時間はそこにある。あってもまったく見ようとはしない。彼は自分の時間をうばう無数のものの名まえをあげ、楽しみも喜びも持てない仕事の前へ、ぶつくさ不平を言いながらしゃがんでしまう。だが、その仕事を強《し》いたのは、ほかのだれでもない、彼自身なのである。」（『パパラギ』）

ナマケモノ倶楽部の世話人の一人で、〝スロー・ビジネス〟を実践する中村隆市（第四章を参照）から聞いた話。ある団体が若者を対象にアンケート調査をやったところ、多くの若者が「将来のために今を犠牲にするのはバカげている」と考えていることがわかった。この結果について、これは現代の若者が刹那的になっていることを意味しており深刻な問題だ、と新聞で論じているそうだ。

中村に言わせれば、「将来のために今を犠牲にするのはバカげている」という感性の方こそがまともなのだ。将来のために今を犠牲にし続けてきた大人たちの世界に、若者たちはもう見切りをつけようとしている。「もう、今を犠牲にするのはやめよう」という彼らの感覚は、必ずしも「今さえよければそれでいい」という投げやりな刹那主義と同じではないはずだ。

中村によると我々の現代社会は「準備社会」だ。そこでは、人々がいつも将来のための準備に忙しい。胎児は生まれた後のために胎教を施される。幼児はいい幼稚園に行くために準備し、幼稚園児はいい学校に行くために準備する。小学校ではいい中学を、中学ではいい高校を、高校ではいい大学を目指して準備に忙しい。いい大学はいい就職をするためのものだし、いい職場は自分たちのいい老後と、子どもたちのいい教育を確保するためのもの。そのいい教育はもちろん彼らのいい就職を準備し、そのいい就職は親の老後がよりよいものになるのを助けてくれるだろう。

「今」はまるで、いつ行ってても予約でふさがっている歯科医みたいだ。

このことは現代社会が「保険社会」であることと深く関係しているだろう。年金や積み立て貯金をはじめ、広い意味での保険によって、我々は「今」を削り、切り縮めては「将来」を購おうとしているのだ。自分の命が終わることで家族の未来が確保される生命保険というしかけ。傷害保険や火災保険をはじめ、ありとあらゆる災難を想定し、それに対処しうる自分を準備するはずの保険の数々。「腕のない」とか「命のない」未来に備えて、そこでは、からだの部位のひとつひとつに、そして、命そのものに値がつけられている。

ミヒャエル・エンデの『モモ』では灰色の男たちが時間貯蓄銀行を営んでいた。そして人々は将来のために時間を節約し貯蓄すればするほど、「今」を奪われ、忙しく時に追われて不幸せになっていく。そんな大人たちの姿を見てバカバカしいと思っていた子どもたちも結局、「子どもの家」という名の矯正施設に収容されてしまう。そこではもう今までのように「貴重な時間のほとんどを役にも立たない遊びに浪費」することは許されない。そして未来の社会のために役立つようなことだけを覚え込まされた子どもたちは次第に「小さな時間貯蓄家といった顔つき」になっていくのだった。

若者の凶悪犯罪が増えていることについての議論が盛んだ。よく耳にするのは、今の若者が目標をもっていないことについての懸念で、彼らの生きがいとなるような目標を与えることが社会に求められているとする。しかし、そうだろうか。社会はこれまで子どもたちに目標を押しつけて、そのために今を犠牲にすることを強いてきた。そのことが多くの不幸せな若者たちをつくり出したのだと、ぼくには思えるのだが。メディアで「先行き不透明」という表現が頻繁に使われている。しかし本当に不透明なのは今、暗いのはすぐ足元ではないだろうか。

相変わらず、エリート大学を卒業する若者が金融業や保険業に職を求めて群がるというのも現代日本の現実。だが、その一方には「保険や年金や貯金なんてバカバカしい」という若者が増えているという現実もある。評論家の言うように、金融危機や高齢化などの不安材料の増加で、将来への投資が得策と思えなくなったという計算も確かにあるだろう。しかし、それと同時に、「今を取り戻したい」、そして「充実した今を生きたい」という思いが、人々の心の中で切実なものになりつつあるのではないか。ぼくにはそんな気がするのだ。

川口由一の「答えを生きる」

去年の夏、オーストラリアから来ている環境団体の代表ふたりを連れて、奈良県の川口由一を訪ねた。海外にも徐々に知られ始めている川口の「自然農」による田畑をこの目で見てみたいというたっての願いだった。川口は例によって田畑のひとつひとつを丁寧に案内してくれた。無農薬、無肥料、そして不耕。水田というにはほとんど水の見えない、「森」のように雑然とした畑に育つ稲は、これが稲かと見まがうほどに太く逞しい。

見学が終わると、これも例によって、離れの客間でおいしい夕食となる。機械に頼らない人間の手作業に助けられてゆっくりと〝自分らしく〟育った穀物と野菜たちが、やがて収穫され、火にかけられ、漬け込まれ、調味されて食卓に並ぶ。ファスト・フードの対極、スロー・フードとはまさにこのことだ。

その食卓で、遠来の環境活動家たちを前に、川口は「答えを生きる」ことについて語ってくれた。

「本来私たち人間はみな答えを生きるものだと思います。しかしそれがいつの間にか、問いをたてて、答えを生きるかわりに、その問いを生きるようになっていないでしょうか」

例えば、環境運動。在来種の種子を絶滅から守ること。絶滅危惧種の生息する生態系を守ること、二酸化炭素の排出を規制する法律をつくること。代替エネルギーを促進すること。原生林を破壊から守ること。それらひとつひとつはどれをとっても深刻な問題であり、重要な課題だ。またどれもがなくてはならない対策であり、立派な運動であるといえる。しかし、と川口は問う。それらの問題をたててその解決に取り組むことが、いつの間にか、「生きる」

ということのかわりをするようになってはいないか。問題を追いかけることに忙しく、肝心の「生きる」ことがおろそかになってはいないか。

「現代の農民というのもそうですわねえ。かつては農民の生き方そのものであった農が、いつの間にか、解決すべき問題としての農業になってしまった。目指す収量、年収という目標に向けて、さまざまな手段を講じる。設計図にとらわれているんです。だから、今の農業では、種蒔《ま》きや田植えの時には不安がいっぱいですわねえ。果たして計画通りに芽が出るか、虫が発生しやしないか。未来についての不安が渦巻くんです。しかし本来農民が畑に種を蒔く時にはなんら不安はないのです。大安心があるから、楽しいんです。未来にとらわれていない。今を生きている。今の中には過去も未来も切り離されずに入っている。答えを生きるとは、そういうことだと思います」

川口によれば、いのちはおおもとのところでは無目的で、無方向だ。人類だけが自分を特殊な生き物だと思いなして、あたかも生きることに目的があり、方向があるかに思い描く。だが、さまざまな生命が生かし合い、殺し合ういのちのコミュニティでは、めぐりながら、しかしどこに向かうというのでもない。そこにただあって、今を生き、目的なく営み続けるのみだ。そこには終わりも始まりもない。過去、現在、未来の区別もない。

もちろん、その巡り合いの部分、部分には、〝目的―手段―役割〟という目的論的な関係をなすと思えるものがたくさんある。サケは産卵のためにあらゆる困難を越えて川を上る。孔雀の雄は配偶者を確保するためにあの美しい羽で身を飾る。そして人間は発達した脳によって目的論に長じることにもなった。目的を設定してそのための手段を講じること、そしてそのための役割を設定し、演じること。これこそが人間の人間たる所以《ゆえん》だといってもいい。

しかし、それにもかかわらず人類は、長く地球上のさまざまな場所に文化をつくり出し、生を営みながら、そのおおもとのところでは、いのちの無目的性を疑うことがなかったのではないか。かつて人々は、目的をたて問題をたてながらも、生きること自体を何かさらに大きな目的のための単なる手段だと考えたり、生きるということがあたかもひとつの問題であるかに感じて思い悩んだりすることはほとんどなかった。

なのに我々の時代は、人々が必死に生きがいを求め、存在理由を探し、役割を模索し、それが思うようにうまくいかない時には生きる気力を失ってしまうという時代だ。では、以前はどこが違っていたのか。「生きる」のに理由など要らなかった。「生きる」ということに過不足はなかったのだ。そう感じられたのはなぜだろう。多分、いのちというものが、自分にはおさまりきらない、自分を超えた、自分以上の存在だと感じていたからではないか。そこでは現代の我々が思うようにいのちは自分の所有物ではない。それは神秘であり、奇蹟。それは聖なるものと感受されていたのではないか。「今」はいのちの表現であり、「答え」。その「今」を、その「答え」を人間はひたすら生きてきた。

「今」が未来と切り離されるまでは。そして単なる未来の手段だと見なされるようになるまでは。目的や目標のない人生なんて生きるに足りないなどと言われるようになるまでは。生物進化の歴史は最終的に人間をつくり出すための過程だ、などという神話が流行するまでは。動植物をはじめ自然はみな、人間が利用するために存在する「資源」だ、などと思い込むようになるまでは。

さて、社会運動家や環境活動家も、「未来の子どもたちのために」といった美辞麗句ですませておくわけにはいかないはずだ。もう一度、川口にならってこう問うべきだろう。問題を「答え」ととり違えてはいないか。「答えを生きる」かわりに問題を生きてはいないか。「今」は未来の手段に成り下がってはいないか。ぼくたちの「今」は空しく、宙に浮いてはしないか。

今は亡きドネラ・メドウズとともに「スロー・ダウン」と言おう。生態系を危機から救う人とは、まずその生態系を楽しむ人だろう。問題を解決できる人とは、答えを生きている人であるはずだ。森を楽しむのには時間がかかる。生きることは時間がかかる。食べて、排泄して、寝て、菜園の世話をして、散歩して、子どもたちと遊んで、セックスをして、眠って、友人と話をして、本を読んで、音楽を楽しんで、掃除をして、仕事をして、後かたづけをして、入浴をして。スロー・フード、スロー・ラブ、スロー・ライフ。近道をしなくてよかった、と思えるような人生を送りたい。

忙しい今日だから
ゆっくり歩く
秋の陽のふりそそぐ音が
きこえますように

（山尾三省「ゆっくり歩く」より）

第二章　スロー・フード――食べ物を通じて自分と世界との関係を問い直す

急いではいけない
ぬかみそを漬けるとわかる
毎日がゆっくりとちがってみえる
手がはっきりとみえる

（長田弘「ぬかみその漬けかた」より）

大谷ゆみこの「未来食サバイバル・セミナー」を聴く

東京のまん中、朝からの冷たい雨。窓から見えるのは日曜日の寂しい交差点と、その上にかぶさっている高架の高速道路、見渡すかぎりの灰色コンクリートのくに。

日曜の朝っぱらから集まって、こうして狭い部屋を埋めているのは、主に二〇代から三〇代の女性たちだ。しかし中には数人の男性と年上の女性が混じっており、一〇代の女性もひとり。やがて、「みなさん、おはようございまーす」という明るい声が部屋に響き渡り、それっきり、誰もみな、窓の外の世界が存在することさえ忘れ去ってしまう。

デモ用のキッチンを前に、板書用の白ボードを背に、大谷ゆみこが立っている。「未来食サバイバル・セミナー」の始まりだ。不思議な緊迫感が部屋を包む。受講生はみなそれぞれに危機感や悩みをかかえて、いわばサバイバルをかけてここに来ているのだが、同時に、食を通じて開かれる未来への予感をも感じて、目を輝かせている。そんな感じだ。

大谷がこう切り出す。「私は栄養学の専門家でも、料理の専門家でもありません」。受講生の間にかすかな戸惑いの空気。

「どうせいつかは死ぬのになぜ生まれてきたんだろうって、ずっと考えてました。いつの間にか、この問いを、毎日繰り返される食に重ねるように問い続けていたんです。食べることって一体何だろうって。その中で発見したことをこれからみなさんと共有《シェア》していきたいと思います」

みんな呆気にとられている。しかし、すでに期待の方が不安より大きくふくらみ始めているのがわかる。

「みなさんにはまず頭の中を〝初期化〟してもらいたいんです。今もっている栄養学の知識とか、これが自然食だといった知識を、そっくり脇にかたづけてほしいの。そして、私たちの細胞がすでに知っていること、いのちをまっとうする意志をもった生命体として私たちがすでに兼ね備えているものから、もう一度始めてみましょう。新しいことを学ぶんじゃないのよ。フタがしてあるだけで、本当はずっとそこにあったはずの〝知〟を開くんです。頭で考えたことをからだに押しつけるんじゃない。それは一種の虐待。からだの声を聴く。そこから始めましょう」

受講生の顔がみるみる明るくなっていく。

こうして丸々三日間にわたるセミナーの一回目の講義が始まる。テーマは「私たちのいのちを支えているものを思い出し、感じてみましょう」。

まず太陽。光、熱、エネルギーの源。植物とその光合成。エネルギー問題、オゾン層の破壊と紫外線。

次に空気。酸素をつくり出す植物型生命体とそれを消費する動物型生命体の話。森林。空気汚染、炭素循環の不調とアレルギーの問題。

水。私たちのからだの七割は水。水の供給を絶たれると四日間で死ぬ。山、河、海、雲、雨。水の循環。水質汚染と深刻化する水不足。

そして土。微生物とミネラルと有機物。生きている土。食べ物は土に育まれる。土壌汚染。表土の流失と沙漠化。

私たちは単に、太陽、空気、水、土に助けられて生きているのではない。むしろ私たちのいのちとは、太陽、空気、水、土の化身なのだ。私たちは太陽であり、空気であり、水であり、土である、といってもいい。この一体性を日々、実現し、表現するのが「食べる」ということだろう。

食べるということの本来の意味を表すふたつのことば。食べるとは、その土地の生命力をいただくこと。いのちは歩いて採りに行ける食べ物で養われるものだった。それが「身土不二」。また、食べ物とは丸ごとのいのちのこと。食べるとは、いのちを丸ごといただくこと。それが「一物全体」。

土地から切り離された、匿名の、脈絡のない、つながりとバランスを欠いた、部分的でバラバラな、生命のない「食品」たち。関係性の中から抽象され、単体となり、分類され、栄養価という数量に還元された、取り替え可能な普遍記号としての「食品」たち。バラバラになったものを組み合わせ、加工し、さらにさまざまな人工添加物を加えた「食品」たち。これらはどれも本来の意味における食べ物ではない。

大谷は言う。私たちの街のスーパーマーケットの棚も、レストランのメニューも、冷蔵庫の中も、食卓も、「食べ物のような顔をしているけれど実は食べ物ではない」〝食インベーダー〟に占拠されている、と。つまり、本来の食べ物が我々の周りから姿を消して、今や、「食べる」ということ自体が危うくなっている。

「食べ物の安全性」についての不安が現代社会を靄《もや》のようにおおい始めている。大谷のセミナーにやってくる者の多くが、自分自身や家族の病気をきっかけに「食べ物の安全性」に深い関心を寄せるようになった人々だ。すでに自然食とか、健康食とかに詳しい人も少なくない。しかし、大谷が「食の危機」と言う時、それは単に食べ物それ自体の汚染を言っているのではない。「最近になってようやく化学物質や過度な加工による食べ物そのものの汚染の危険性は認識されてきた」たのだが、「食習慣汚染」の危険性についてはまだまだ認識されていない。食習慣が歪んだからこそ、汚染食品も横行した。とすれば、食習慣を変えることなしに「食の安全性」を求めることも不可能だ、と彼女は考える。（『未来食』）

我々をとりまく食習慣汚染の実態とはどのようなものか。大谷は我々の食生活における次の七通りの変化をあげる。

一、全体食（丸ごとのいのちとしての食べ物）から部分食（バラバラフード）へ

二、風土食から輸入食へ
三、適量食から過剰食へ
四、日常食からごちそう食（ハレの食事、儀礼食、嗜好食品の常食化）へ
五、手料理から工場での料理（機械による画一的大量生産）へ
六、自然の食べ物から（化学合成物質が栽培、保存、加工、流通の全過程に使用される）人工の食べ物へ
七、植物性食品中心から動物性食品中心へ

こうした七つの変化の矢印を逆向きにたどることが求められている、と大谷は言う。だから大谷にとって「未来食」とは単に食べ物や料理法の提案なのではない。それは食べ物や料理法をも含む食生活全体の見直し、「新しいライフスタイルの提案」、社会変革の呼びかけなのだ。

「世界各地で、日本各地で、風土に根ざした地域自給型の、命を育む食習慣を取り戻すことが急務です。……工場に依存しない食生活を丸ごと取り戻すこと、無理のない範囲で取れる、気候風土が応援してくれる作物を、自ら料理して食べ始めるのが〝食インベーダー〟から身を守る唯一の方法です。そしてそれは……私たちが知らない間に放棄してしまった生き

る喜びの一つを取り返すことなのです。」（『未来食』）

ファスト・フードとスロー・フード

大谷ゆみこの言う七つの「食習慣汚染」を一身に表しているもの、それがファスト・フードだろう。ファスト・フードとは、単に時間のかからない「早い食べ物」のことではない。それは食べ物や料理の方法ばかりでなく、食をとりまく人々の生活のありよう、人間関係、人間と自然界の関係、産業構造などに共通して見られる様式であり、思想である。いや、ファスト・フードとは今や食だけに関わる現象ではない。生活そのものの、社会そのものの「ファスト・フード化」が進行している。ジョージ・リッツアの言う「マクドナルド化《マクドナライゼーション》する社会」である。そして「ファスト・フード化」が「グローバル化」の重要な一面であることは言うまでもない。

かつていわゆる東西冷戦の終結の後、世界中のメディアはマクドナルドやコカコーラが北京やモスクワに登場するのをまるで「人類の偉大な一歩」とでもいうように大仰に祝福したものだ。今や旧ソ連圏はファスト・フード店だらけ。世界中飲料水がない場所でもコカコーラやペプシコーラだけはある。現在マクドナルドは世界一二〇カ国に約二万八七〇〇店ある。

本家の米国では毎日成人人口の四分の一がファスト・フード店を訪れている。三〇年前に六〇億ドルだったファスト・フードの売り上げは、今では一一〇〇億ドルを突破した。

米国では六一パーセントが太り過ぎ、つまり肥満人口だといわれる。もちろん、世界一の肥満大国だ。(ワールドウォッチ研究所による。ちなみに、ある統計によれば、六〇億といわれる世界の人口のうち一一億ないし一二億人が飢餓や食糧不足に苦しみ、これとほぼ同数の人が肥満に〝苦しんでいる〟そうだ。)ファスト・フード化が肥満をはじめとした健康上の問題に直結していることは科学的にも明らかにされつつある。米国人ひとりあたりの冷凍フライドポテトの消費量は一九六〇年の平均一・八キロから一三キロに、一缶あたりスプーン一〇杯分の砂糖を含む炭酸飲料の消費も四〇年間で四倍になった。(毎日アメリカ人ひとりが飲む清涼飲料水は平均五〇〇ミリリットルといわれる。)言うまでもなく、ファスト・フードの最大の顧客は子どもたちだ。

これは対岸の火事ではない。日本人は、マクドナルドでも、スターバックスでも、ディズニーランドでも、世界一の売り上げを記録してしまうアメリカ化とグローバル化の優等生だ。現代人がかかえる健康上の問題の多くが食のファスト・フード化と密接に関係しているとしても不思議ではない。近年、日本人の肥満人口は急増し、現在三〇代と四〇代で三〇パーセントを超え、平均でも約二〇パーセントとなっている。厚生労働省によると、潜在的な患者も含めれば、一〇人にひとりが糖尿病だという。糖分摂取のエスカレートも深刻で、清涼飲料水のとりすぎで起こるいわゆる〝ペットボトル症候群〟(正式名、清涼飲料水ケトーシス)が社会問題化するほどだ。

さて、大谷ゆみこの言う七つの食習慣汚染の矢印がファスト・フード化の方向を指し示しているとするなら、その矢印を逆の方向にたどるのは「スロー・フード化」ということになる。「スロー・フード」、実はこのことばはすでに世界中で広く使われ始めている。

二年前、ぼくはオーストラリア人の友だちからこのことばを初めて聞いた。スロー・フード協会なるものもあって、世界中に何万もの会員がいるという。感動した。ちょうどナマケモノ倶楽部を立ち上げようとしている時だったので、感慨もひとしおだった。間もなく、ある大きな食品会社がコマーシャルでスロー・フードということばを使っているのを知ってがっかりした。オーストラリアを訪ねた時には、その地のスロー・フード協会の会長という人に会うことになったが、約束の酒場に赤いスポーツカーで乗りつけたかと思うと、グルメ志向丸出しで、ワインやチーズの知識をひけらかすのには、またがっかりさせられた。スロー・フードということばに出会った時の感動も忘れかけた頃、一冊のすてきな本に出会った。

その名も『スローフードな人生！』。

著者の島村菜津はイタリアに詳しいノンフィクション作家で、この本は彼女がイタリア生まれのスロー・フード運動に出会って以来四年間にわたる取材の旅の記録だ。プロローグには、彼女がこの取材に取り組んだ動機が書かれている。そこには日本人にありがちなヨーロッパ志向が感じられない。浮ついたグルメ志向もない。著者をスロー・フードへと駆り立てたのは、子どもの頃から感じてきた食生活についての違和感や、長く日本とイタリアの間を行き来しながら感じた「食の現代文明」についての危機感だったということがわかる。

子どもの頃のこと。「時は金なり、ファストがスローを制する高度経済成長期のまっただ中にあって、食べるのがスローな子供は、少々肩身が狭かった」。学生の頃。丸の内のオフィス街、昼時のカレー専門店であっという間に辛いカレーを掻き込んでは出てゆく企業戦士たちの姿。それに感化されてか、俄然早食いのファスト・フード派になって胃腸を悪くする。そしてイタリア。「なんだ、ゆっくり食べてもいいのだ。いや、この国では、ゆっくり食べられることの贅沢をもっとかみしめなさいと奨励してくれるではないか。」

しかし「日本へ帰れば、そうは問屋が卸さない」。イタリア人のように家族や友人とゆっくり食事を楽しむ余裕など日本人にはない。イタリアでのように食事に誘いたくても、友人たちはみな忙しい。忙しい人々のために、ファスト・フードが巷《ちまた》に溢れている。冷凍食品、レトルト食品、カップ麺、コンビニの弁当、デパートの惣菜、ファストフード・チェーン店の数々。これだけ時間を節約したはずなのに、誰もがそれでも忙しい。家族と顔を合わせる時間もない。

島村の危機感はつのる。

「私たち日本人は、いったいいつから、ゆっくりと食事をすることもままならなくなってしまったのだろう。四割を越える子供たちのアトピー、若者にまで増えている骨粗鬆症や動脈硬化、サラリーマンの過労死、環境ホルモン、ダイオキシン、名前をもたない現代病……、すでに社会に深刻な黒い影を落としている現象の根っこに、狂った食生活があることに誰もが気づいているはずだ。」

「ファストライフ症候群」が蔓延する「この国は、これで大丈夫なのだろうか？」と島村は憂える。彼女によれば、ファスト・フードの流行は「ファストライフという名の世界的狂気」の一表現にすぎない。スロー・フードとは、だから、単にファスト・フードに反対することを意味するのではない。食を通して我々現代人の生き方を、社会のあり方を丸ごと見直すことであるはずだ。

スロー・フード運動はスロー・ライフを目指す

スロー・フード協会は一九八六年に北イタリアのブラという小さな田舎町で生まれた。その本部は今でもそこにある。これは大事なことだ。今や四五カ国に六万人もの会員をもつに至った大きなNPO（非営利組織）がいまだにその発祥の地である小さな町にある。島村によれば、イタリア人はよく自分の村の暮らしに満ち足りている人のことを、半ばからかうように、しかし羨望の思いを込めて、「そこが世界のへそだと信じている」と言うのだそうだ。そういえばぼくも「へそ」という意味の名をもつマヤの聖地を訪ねたことがある。

沖縄の読谷村《よみたんそん》では、町とか市とかへと名称を変更できるだけの人口をもつようになっても、住民の意志で「村」に留まることを選んでいるという。合併してでも市になりたがる「大きいことはいいこと教」の日本にあって貴重な存在だ。この村の元村長の持論は、「地球は球だから、どこでも、そこが中心だと思えば中心」というものだそうだ。

イタリア人の半分近くが人口五万人以下の小さな町や村に住んでいるという。これは農村への帰還という大きな流れの結果だと島村は言う。また、ある雑誌の「時の貴人たち」と題された特集記事を紹介しながら、彼女は「いまや多くのイタリア人が、加速していく情報社会に疑問を覚え、じっくりと生活の喜びをかみしめることができるスローライフを志向し始めている」と言う。スロー・フード運動も、こうした人の流れや意識の流れの中で生まれたことがわかる。

次に、「世界のへそ」から発されたスロー・フード宣言の全文を引用させていただこう。

悦楽の保持と権利のための国際運動

我々の世紀は、工業文明の下に発達し、まず最初に自動車を発明することで、生活のかたちを作ってきました。我々みんなが、スピードに束縛され、そして、我々の慣習を狂わせ、家庭のプライバシーまで侵害し、〝ファストフード〟を食することを強いる〝ファストライフ〟という共通のウィルスに感染しているのです。

いまこそ、ホモ・サピエンスは、この滅亡の危機へ向けて突き進もうとするスピードから、自らを解放しなければなりません。我々の穏やかな悦びを守るための唯一の道は、このファストライフという

全世界的な狂気に立ち向かうことです。この狂乱を、効率と履き違える
やからに対し、私たちは感性の悦びと、ゆっくりといつまでも持続する
楽しみを保証する適量のワクチンを推奨するものであります。
我々の反撃は、〝スローフードな食卓〟から始めるべきでありましょう。
ぜひ、郷土料理の風味と豊かさを再発見し、
かつファストフードの没個性化を無効にしようではありませんか。
生産性の名の下に、ファストフードは、私たちの生き方を変え、
環境と我々を取り巻く景色を脅かしているのです。
ならば、スローフードこそは、今唯一の、そして真の前衛的回答なのです。
真の文化は、趣向の貧困化ではなく、成長にこそあり、
経験と知識との国際的交流によって推進することができるでしょう。
スローフードは、より良い未来を約束します。
スローフードは、シンボルであるカタツムリのように、
この遅々たる歩みを、国際運動へと押し進めるために、
多くの支持者たちを広く募るものであります。

スロー・フード運動はピラミッド型のがっちりとした大組織を形成しない。そのかわりに、それぞれの地域で会員たちが勝手につくる自立的な団体「コンヴィヴィア」がゆるやかにネットワークを組んで国際的な（正確には民際的な）運動を展開している。コンヴィヴィア（単数形はコンヴィヴィウム）ということばには「共に生きる」と「共に食べる」という意味が含まれている。島村のインタビューに答えて、協会のある幹部は、「共に生きる」ことと「共に食べる」こととは、もともと同じ意味なんだ、と言っている。（イバン・イリイチがキーワードとして使う「コンヴィヴィアリティ」を参照のこと。）

スロー・フード主義者《スロー・フーダー》はまず何よりも食を楽しむことを目標とする、食の快楽主義者《エピキュリアン》だ。臆面もなく食の悦楽に浸ること。この悦びのないところで、ファスト・フードを批判することは空しい。それは子どもたちや若者たちに禁欲主義を強いることにもつながる。禁欲主義でおいしい食べ物を守ることができないのは勿論だ。宣言にあるように、反撃は食卓から始まる。

食を楽しむ人々にこそ、おいしいものを守り、伝えよう、という心が育つ。長い年月と地域の風土や文化に培われた伝統的な食材や料理や飲み物を守ることもまたスロー・フーダーたちの目標だ。それが埋もれている場合には掘り起こし、錆びついている場合には磨きをかける。しかし、単なる保守主義ではない。他の地域の食文化にも好奇心をもち、そこからヒントを得て、自分たちの食をよりよいものにしていく向上心にもあふれている。

スロー・フーダーは質のいい、安全な、おいしい食を提供する小生産者を大事にする。そのためのフェアな商取り引きや流通の仕組みを支持する。子どもたち、若者たち、そして一般消費者へのスロー・フード教育にも熱心だ。そしてそれぞれの「へそ」から世界に向けて、スロー哲学を発信する。

スロー・フードと反グローバル化の運動

スロー・フード運動にはユーモアがあふれている。それはこの運動が、食という快楽を肯定することを基本として、その一点において結びつこうとしているからだと思う。島村の報告はこの肝心なことを伝えることに成功している。また彼女には、スロー・フーダーならではのこうしたユーモアと隣り合わせに、グローバリズムへの並々ならぬ危機感や地域の文化を守ろうとする悲壮なほどの決意があって、その両者が一体となってスロー・フードの思想をつくり出していることを明らかにしてくれる。そのユーモアが痛烈な風刺となり、社会批評となりうる所以だ。

例えば、島村はスロー・フードが、フランスのジョゼ・ボヴェを中心とする新しい反グローバリズムの社会運動と連なっている、と指摘している。

ジョゼ・ボヴェとはフランスのラルザック地方のモントルドンという小さな集落に住む農民で、名高いロックフォール・チーズの生産者だ。一九九九年八月に南仏ミヨーで起こった事件によって彼の名前は広く世界中に知られるようになった。ボヴェと九人の同志たちはトラクターに乗って建設中のマクドナルドを破壊して逮捕された。この事件の前にもボヴェは反核・環境運動家としてさまざまな直接行動を起こしているが、そのひとつは遺伝子組み換え作物に取り組むある多国籍企業の施設を破壊しようとするものだった。

彼のこうした一連の行動には伏線がある。それはEU（欧州連合）と米国の間に起こった貿易摩擦だ。まずEUが国内産、輸入品を問わず、成長促進のためにホルモン剤を使って飼育された牛の肉の売買を禁じた。例によって米国はWTO（世界貿易機関）を使って、このEUの禁を自由化に反する不公正な禁輸措置であるとして、その撤回を迫った。経済のグローバル化を推進するWTOは、こうした対立にあたっては社会的な悪影響、環境破壊、健康被害といった側面を無視してまでも多国籍企業による貿易促進の方をとるのを常としている。

この時もWTOは米国の主張のとおり、EUの措置を不法としたのだった。EUがこれに従うのを拒否すると、WTOは米国に報復措置としてヨーロッパからの輸入品への関税を引き上げることを許可した。その輸入品の中にボヴェたちが生産するロックフォール・チーズがあったというわけだ。

一九九九年の終わり、シアトルでのWTO会議を反グローバリズムのデモが包囲したいわゆる〃シアトルの反乱〃でも、ボヴェを筆頭とする〃ミヨー・10〃は英雄だった。二〇〇〇年の六月には彼らの裁判闘争の支援のためにミヨーの町に五万人が結集した。（二〇〇〇年七月一五日の朝日新聞によれば四万人。）デモ隊のユニフォームとなったTシャツには「ル・モンド・ネ・パ・ユヌ・マルシャンディーズ（世界は売り物じゃないぞ）」というボヴェのことばが記されていたという。フランスの世論調査でも六割以上の人がボヴェを「勇敢」「誠実」と評価した。

こうした事態について取材したドネラ・メドウズとハル・ハミルトンは、ボヴェの住む村を訪ねて、次のような注目すべきことを報告している。このわずか六、七世帯の小さな村には週に一度の市がたって、近隣の村々から多くの人々が各々の農産物や工芸品をもって集まる。人々は持ち寄った食べ物やワインを共に料理し、食べ、飲んで、歌う。芝居も出る。こここには生産者と消費者の区別がない。ひとつの共同体があるばかりだ。

何世紀も続いてきたラルザック地方の生活の基本的なかたちがここにある。ボヴェの抗議行動が象徴的に対比してみせたのは、こうした暮らしぶり、つまりスロー・ライフと、マクドナルドや遺伝子組み換え作物に代表されるファスト・ライフだった。メドウズとハミルトンは言う。「市場交換の論理によって支配されるようになった文化の中では、一切が商品化される。私たちの時間も、知も、風景も、水も、そして食べ物も。ボヴェとその共同体の人々はこれに、否と言う。我々はまっぴらだ、と。そんなシステムに巻き込まれるのはごめんだ、と。人間関係、土地との関係、そして自分たちの命を金に換算することを我々は拒否する、と。工場でつくられた食べ物をWTOによって口に押し込まれるのはごめんだ、と。我々には自由貿易や安価な食物より、大事なことがある。それは、共同体、文化、味覚、仕事、自然だ、と。」

『スローフードな人生！』のエピローグで島村はこうまとめている。「大げさな言い方をすれば、スローフードとは、口から入れる食べ物を通じて、自分と世界との関係をゆっくりと問い直すことにほかならない。自分と友、自分と家族、自分と社会、自分と自然、自分と地球全体の関係を、である。」

こうした言い方がいまだに大げさに聞こえる読者のために、つけ加えておこう。ファスト・フードは確実に地球のあり方を、そして私たちのあり方を、変えつつある。家畜に注入されるホルモン剤が、欧米の女性たちの体型や体質を変えている、という説がある。特に成長が早くなったり、乳房のサイズが大きくなったり（日本でいう〝巨乳〟）、また乳がんが頻発したりするのも、これと関係があると言われる。遺伝子組み換え（ＧＭ）作物が環境に、そして人間の健康に対してもつ危険性についてはすでに広く議論されているが、養殖業や牧畜業でも、成長促進遺伝子を動物や魚に組み込む研究が進んでいる。カナダではふつうのサケに比べ六倍のスピードで成長する、いわゆる〝怪物《フランケン》サーモン〟がつくられ、今その産業化をめぐって議論が沸騰している。

　欧米では反対派の人々が遺伝子組み換え食品のことをフランケンフードと呼ぶが、そもそも食の怪物化とは、より速く、簡単に、大量に生産し、大量に流通し、消費しようとする大量経済の要請によって生じた現象である。つまりファスト・ライフが食の怪物化を生み出しているわけだ。フランケンサーモンやフランケンチキンのすぐ先には、フランケンヒューマン、つまり人間の怪物化がもう見え始めているのではないか。より早く、効率的に成長する子どもたち。早くおむつ離れする子、早く歩き始める子、早く簡単に知識を身につける子、早く大人になる子。フランケンキッズ。スロー・フードとはぼくたちのそうした現在と未来に思いを馳せることでもある。

雑穀の再発見から見えてくるもの

再び、大谷ゆみこの未来食サバイバル・セミナー。講義と講義の間には大谷の友人であり同志である木幡恵を中心にクッキングのワークショップが展開する。まずは雑穀入りごはんの炊き方と海草入りみそ汁の作り方。次いで、含め煮、煮びたし、おひたし、漬け物。その間、補佐役にまわった大谷が受講者のテーブルを巡回しながら、こんなふうに話しかける。「全粒穀物、旬の土地の野菜、自然海塩、海草が四つの必須食品、これだけあれば生きていけるのよ。どう簡単なものでしょ？」

木幡は料理の先生には珍しく材料や調味料の量をいちいち計ったりしない。一升瓶の醬油をひっくりかえしたり、塩を手でわしづかみにして鍋に投げ込んだり、初めのうちハラハラしていた受講生もすぐに慣れて、彼女のダイナミックな動きを楽しむようになる。「細かいことに気を使わないこと。料理も食事も、からだの声を聴きながらやれば、〝いい加減〟なのが、ちょうどいい〝加減〟になる」と大谷。「なあんだ、それでいいのか」といった安堵の表情が、悩める主婦たちの顔に浮かぶ。

二回目のクッキング・ワークショップはヒエ、アワ、キビなどの雑穀の炊き方から始まり、それらの雑穀のシチュー、ワカメとモチキビのミモザソテーへ、三回目には粒ソバ、押しムギの炊き方から入って、ソバがきの調理法、ハトムギ入り玄米粥へと進んでいく。

雑穀。これこそ大谷のいう未来食の柱だ。かつて——といってもそれほど遠くない過去のこと——世界中で、地域ごとの食生活の中心にあった穀物たちは、いつの間にか片隅に追いやられて雑穀《ミレット》などという総称の中に押し込められている。日本でも、戦後の白米主義の風潮の中で、ヒエやアワやキビのような雑穀はまるで疫病神のように忌避され、やがておおかたの人々の意識から消え失せていった。

グローバル化が進む中で、今や世界は米と小麦とトウモロコシという三つの穀物でおおわれようとしている。しかも農業はますます工業化し、生産者は種子を供給する多国籍企業にますます依存し、国際的な市場に支配されるようになっている。それぞれの地域の生態系と伝統的な農業の中で維持され育まれた種の多様性は急速に失われ、食は均質化され、食文化は失われていく。

イタリアのスロー・フーダーたちが絶滅寸前の食べ物を救おうと、「ノアの方舟プロジェクト」を立ち上げたように、大谷は地域ごとの伝統的な食生活の中心であったはずの雑穀たちをもう一度日常の食卓へ取り戻そうと、「国際雑穀食フォーラム」という運動を展開している。雑穀といってもピンとこない現代人のために大谷は〝つぶつぶ〟なることばをあてて、その普及のためにさまざまなレシピーを編み出し、つぶつぶクッキングという料理体系をうちたてた。

一九八六年、運動とビジネスの拠点として東京に「未来食アトリエ・風《ふう》」を設立。一九九〇年には、暮らしの拠点を山形県の山里に移した。以来、夫と四人の子どもたちとともに、生態系に調和した自給型のエコロジカルな農業と、伝統に根ざしつつも創造性に富んだ健康で楽しい食生活を実践してきた。そして今、東京に、大谷式食革命のもうひとつの拠点「風の舞う広場」を建設中だ。

大谷のことばや動作や表情のひとつひとつには、豊かな自然の中に暮らす者の生気が滲み出ている。そしてそのエネルギーは灰色の大都会に住む受講生たちへと伝染せずにはいない。「コンクリート・ジャングルに生きる私たちは、それでも毎日、食を通して大地と関わり合っているの。そう考えると料理ってすごいことね。これこそサバイバルの極意」

ぼくは思う。大谷ゆみこの台所と食卓は宇宙に通じている。彼女をいわば霊媒として、ぼくたち受講生もまた宇宙と交信したいと願うのだ。

第三章　「三匹の子豚」を超えて――スロー・ホームとスロー・デザイン

だから私はヨーロッパで、邪魔されないで手足を伸ばし、ゆっくりむしろの上に寝られるような小屋に出会ったことがない。すべての物がギラギラ光ったり、色が大声で叫んだりして、目を閉じることさえできなかった。本当の安らぎの夜は一度もなく、寝むしろと枕のほかには何もない、海を渡るおだやかな季節風のほか、何も訪れてこないサモアの私の小屋のことを、これほど恋しく思ったことはまだ一度もない。

（『パパラギ』より）

ガンディーの小屋《ホーム》からのメッセージ

一九七八年、イバン・イリイチは「第三世界のための技術」についての会議に出席するために訪れていたインドのセヴァグラムという村で、多くの時間をある小屋に坐って過ごした。

それはかつて三〇年代にガンディーが住んだ小屋だった。会議の開会にあたって、イリイチは挨拶の中で、その小屋で過ごした時間について次のように述べている。

「友よ、この日の午前中、わたしは、マハトマ・ガンジーが生活したこの小屋のなかにずっと坐っていました。この小屋に息づいている精神を吸いこんで、それが伝えるメッセージがわたしのなかに浸透するにまかせたいと思ったのです。」(『生きる思想』)

それに続けて、イリイチはこのガンディーの小屋の様子を描写してゆく。金持ち連中が鼻で笑うかもしれない一見粗末な家が備えている、単純さと美しさ。間取りに表現された愛と平等の精神。数少ない家具。機械ではなく人間の手によってつくられた木と泥の家。それは、「ハウス」というよりは「ホーム」というにふさわしい場所だ、とイリイチは言う。家屋というモノとしてのハウスではなく、生活の場としての、家庭としてのホーム。

ホームがそこに住む人間たちのための場であるのに対して、ハウスとしての家はそこに住む人間自身より、家具やその他さまざまな便宜品を納めるためにつくられた建造物である。住人の快適さを増してくれるはずの家具や器具や機械類を我々は生涯にわたって集め続けるのだが、イリイチによれば、それらは決して「内なる力」を我々に与えない。むしろ我々はますますそれらに依存するようになって、生活力を失っていく。生活力を失えば失うほど、依存はさらに深まるだろう。ガンディーの小屋でイリイチが見た家具は、こうした依存につながることのない、むしろ人間の自立を助けるような道具だったという。

イリイチは開会の辞を次のようにしめくくった。

「ガンジーの小屋が世界に対して証しているのは、どのようにしたら、普通の人間の尊厳がはぐくまれることができるかということ」。そしてこのことこそが、貧しい第三世界のための技術について考える場合の、基本的なモチーフであるべきだろう、と。

ダグラス・ファーのツリーハウス

長野県伊那谷の秋。ぼくはダグラス・ファーと一緒に彼の小屋に坐っている。大きな窓から差し込む暖かな午後の陽が部屋を満たしている。周囲の竹林がそよ風に囁くような音をたてる。ガラス扉の向こうの広々としたバルコニーに落ち葉が舞う。ぼくたちは蛇口からのおいしい水で乾杯する。小屋は地上約五メートル、何本かの木によって支えられているツリーハウス。

トム・ソーヤーごっこというわけではない。ここはダグラスのホーム、生活の場だ。森の中にそっと浮いている家。木の香りに包まれた簡素で美しいインテリア、そこには必要なものがあり、不必要なものはない。だから小さくとも狭くない。この家の謙虚なたたずまいは、しかしひとつの壮大な物語だ。イリイチがガンディーの小屋でそうしたように、ぼくはこのダグラスの家《ホーム》に坐って、ここから考えようと思う。

物語はダグラスの子ども時代にさかのぼる。NASA（米国航空宇宙局）に勤めるエリート技師の父の厳しいしつけに反抗し続ける少年時代を過ごした彼はしまいに勘当されて、それまでニックネームとして使っていたダグラス・ファーを本名とした。ダグラス・ファー（Douglas Fir）とは米大陸の西部に多いダグラスモミという木の名前だ。

反発しながらも、アイデアマンとしての父に強い影響を受けた。それはアメリカ政府がソ連より先に月へ行くことを至上目標としてNASAに巨額の金を注ぎ込んでいた時代のことだ。経費は問題ではなかった。一般の市場に出回る商品としての技術とは対照的に、父の周囲にはコンパクトで効率がよく、信頼性が高く、寿命も長い、という優良な技術がいくらでもあった。中には実家の牧場で実験されたものさえあった。

六〇年代の終わりに、ダグラスは西部へ行く。保守的な東部を捨てて、反体制の代名詞のように思われたカリフォルニアに。ダグラスモミの森のある西海岸へ。

大学で経営学を専攻、修了したところで、サクラメント州立大学に初めての環境学の学科が開かれることを知った。ダグラスをはじめ、後に現代エコロジストの第一世代と呼ばれることになる知のパイオニアたちが米全土から集まった。そこでの教育は斬新なものだった。工学から生物学まで、多彩な専門家たちによる講義の中からひとりひとりが必要なものを選んで、自分自身のプログラムをつくる。教授たちも「教師」というよりはディレクター的な役割に近く、「自分自身にもわからないことだが、一緒に勉強しよう」という姿勢をもっていた。

ダグラスのモットーである〝ラーン・バイ・ドゥーイン（やってみることで学ぶ）〟はこの時期の経験からきている。論文を書くだけでなく、ソーラー・エネルギー、森林学からガーデニングまで、いろいろなプロジェクトに取り組んだ。

その一方で彼は環境運動にも参加した。特に原子力発電所建設反対運動に打ち込んだが、結局運動は敗北に終わる。彼は次に仲間と〝アースデイ〟（一九七〇年に米国で提唱された四月二二日に全世界で地球の未来を考えようという運動）を始めることにした。一九七二年のことだ。その頃彼らはサクラメントの街のまん中に畑をつくりたいと思っていたので、これをアースデイの行事にしよう、ということになった。議事堂のすぐそばに未使用の州有地があり、一年後に駐車場になることが決まっているという。それまでの間、アースデイの行事に使用したいという彼らの申し出に、おそらくイメージアップの効果を考えてのことだろう、当局は許可を与えた。

早速新聞広告をうち、町の中心にみんなで「エコトピア」をつくろう、と訴えた。参加の方法は簡単だ。三メートル×三メートルの区画を年一二ドルで借りて思い思いに庭園をつくる。うまくいかなければ次の人に譲る。参加希望が殺到した。間もなく花が咲き始め、殺風景な街に立派な庭園が出現した。後に流行するコミュニティ菜園の先駆けだった。やがて一年の期限がきたが今さら誰も駐車場をつくれとは言い出せなかった。そしてその後この庭園はソーラー・パネルやインフォメーション・センターを備えたエコ・パークへと育っていく。

この活動を通して大切なことを学んだと、ダグラスは思っている。抗議をしたり、反対運動をするだけでは足りない。それよりもむしろよいものをつくってみんなに示してあげる方が有効だ、ということ。

三年間かけて、ヨーロッパ、アフリカ、アジアの各地を回ったダグラスは、次の場所として日本を選んだ。一九八〇年、三〇歳の時のことだ。二、三年滞在して環境教育の拠点をつくろうと考えていた。

ある鉄工会社の社長に見込まれて、しばらく会社勤めをすることになる。社長に言われて、一〇のアイデアを提案したが、そのうち七つが採用されることになった。そのひとつが人力フォークリフト。コンパクトで軽量、組み立ても解体も簡単で、自動車を持ち上げる力がある。

ダグラスにとってよい技術とはシンプルな技術のことだ。複雑なテクノロジーに比べるとシンプルなテクノロジーを発明する方がずっと難しい。そこには哲学が必要だ。より深い知恵と熟考が要る。だから時間もかかる。その意味でスローなテクノロジーなのだ。逆に、たくさんの部品をいかに組み合わせるかが主要な問題になるハイテクの複雑な技術では、複雑である割に発明しやすく、知恵としては浅い場合が多い。

自然環境を人間に都合のいいように強引に変えようとするのは、よい技術とはいえない。これまでのほとんどのテクノロジーはそうしたものだった。一方、「エコロジカルなデザイン」という最近の考え方にも、ダグラスは同意できない。人間にはエコロジカルにデザインすることなどできない、と考えた方がいい。生態系とは、奇蹟とも言うべき自然界の「デザイン」だ。そこから謙虚に学びつつ、それを模倣するという態度こそがよい技術の基本だ、と彼は思う。

日本に来た時の目的である環境教育センターづくりに着手するためにダグラスは場所を探

した。都会の暮らしにも疲れていた。長野県の駒ヶ根を選んだのは、いくつかの理由があった。まず日照時間が日本で五番目くらいに長い地域だということ。水もきれいだし、縄文時代の遺跡もある。風もあり、空気もいい。高い山々に囲まれ風光明媚。日本の中央に位置しているということで、社会的なインパクトを与えやすい、とも考えた。

駒ヶ根に引越したダグラスは、デモ・ハウスを建てることにした。デモ・ハウス、つまり、人々がそこを訪れるだけで、エコロジカルな生き方を体感してもらえるような家。多くのことばよりも雄弁に彼の思いを伝えてくれるような家。こうして生まれたのが、ツリーハウスだった。

一般の建物は強度だけにこだわって、重さには無頓着だ。しかしツリーハウスは、航空力学を応用することによって常識では考えられないほど軽量な家となった。ガラスを比較的多く使った割に、重さは全部でわずか約二・五トン。軽量ということはそれだけ資源が少なくすんだということでもある。柱や梁にはなるべく民家の廃材をリサイクルしたものを使い、壁には一ミリ大の木クズやチップを固めたボードに、有毒ガスを発生しない再生可能な発泡スチロールを挟んだものを使った。窓もペアガラスで、断熱性を一段と高めている。

強度も実証済みだ。近くの木が倒れるほどの暴風雨にもびくともしない。二・五トンの建物を支える自然の木六本と新たにつけ加えた柱は、どの方向からの衝撃をも柔らかく受け止め、さらに二トンの重さを支えられることがわかっている。支えの木が動いても建物自体は動かない。支え木と建物のジョイントも、なるべく木に負担をかけないように工夫されており、木の成長に合わせて年に一度締めつけを緩めて調整する。工事の際には、周囲の森の植生を壊さぬようにと、資材をリフトで宙に吊り上げて運び込んだ。

橋のような木のスロープを上る。竹林の中を、まるで離れの瀟洒な茶室へ向かうようなアプローチだ。入口を入ると正面に六畳ほどの明るい部屋。屋外との連続性が感じられて、コンパクトだが狭苦しさはない。素材の天然木の香りが心地いい。頭上にはロフト式の寝室。左手に流し。右側の壁が忍者屋敷のからくりのように開くと、その奥にトイレとシャワー室が現れる。

コンポスト・トイレでは、便と尿を分けて処理する。尿は簡単に分解できるし、便は一週間で肥料にできる。生活用水は一〇〇パーセント雨水だ。雨水は枯れ葉や活性炭などの濾過装置を通ってタンクへ。ダグラスが開発した方法でオゾン殺菌処理されて、飲み水となり、また流しやシャワーで利用される。排水は一度沈澱された後、室内の浄化システムへ。まず三つの鉢植えを通過してから、窓に沿って並んだ三本のガラス水槽へと流れ落ちる。二つ目、三つ目の水槽へと移る度に水は透明になっていく。水がこのシステムを一回循環するのに、約一週間。土に植物に光、さらに微生物の力によって浄化された水は必要に応じて再利用され、雨水に余裕があれば土に還される。

電気エネルギーも自給自足だが、これは風力と太陽光によるハイブリッド発電というハイテク技術を使っている。つくられた電気は地下のバッテリーに充電され、ダグラスが日常的に使う水のポンプ、照明、ステレオ、ビデオなどの機器に利用される。それでも電気が余るのは、ダグラスの質素なライフスタイルのせいであり、建物自体の断熱、空調、日照などが優れているせいでもある。ハイテクへの依存度は少ないに越したことはない。

ダグラスはまたツリーハウスのエネルギー・プランを練るのに、二年間かけて、風や太陽の向き、風力や太陽光の強さ、地中の熱などの綿密なデータをとり、入念なシミュレーションを行っている。一見華やかなハイテクの背後で、ダグラスが山の中で木々や風や日光や土や水を相手にスローな時間をたっぷりと過ごしていたことを覚えておきたい。

環境教育センターのプロジェクトは、まだやっとその基礎ができたところにすぎない。二、三年のつもりがもう二〇年が過ぎてしまったよ、とダグラスは言って笑う。

どこからともなく現れたガイジンに対する地域社会からの抵抗は強かった。特に彼のエコロジー思想は新興宗教のような扱いを受けた。一方、地域にかつて息づいていた伝統的な知恵を高く評価する彼は、開発至上主義の陣営からの激しい批判を受けた。今でも彼の考え方や生き方が地元の人々に受け入れられたとは到底言えない。それでも、少しずつ彼の環境ビジネスに共鳴して、共に事業を起こそうという人々も出てくるようになった。オゾンシステムによる工場用の空気・水質浄化装置、太陽光発電や風力発電など自然エネルギーの機器などを開発、販売する四つの会社を立ち上げてきたダグラスは、現在、その一線から退いて、水素エネルギーを利用する燃料電池の開発に取り組んでいる。

ビジネスと並行して、アース・スチュワード・インスティチュート（ＥＳＩ）と呼ばれる環境専門大学院の二〇〇三年開校を目指して準備を進めている。彼が七〇年代初頭のカリフォルニアで身につけた〝ラーン・バイ・ドゥーイン〟の実践的な学習法による二年プログラムで、米国の修士号が取得できる。一年目にはアメリカでの、二年目にはネパールでの長期研修が含まれている。

こうしたさまざまな事業を進める間、長野にはりついていたわけではない。ビジネスで時々北米やヨーロッパへ出かける他、毎年一定の期間をもうひとつの〝心の故郷〟であるネパールの寒村で過ごす。駒ヶ根と並ぶもうひとつのエコロジカルな地域発展のモデルをそこに創造するために。

趣味は温泉めぐりと木登り。ツリーハウスのそばにつくったパーマカルチャー（オーストラリアのビル・モリソンの提唱した有機農業を中心とするエコロジカルな生活を実践する運動）の農場の一角にはソーラー露天風呂もある。天気のいい夜は高い木に登ってハンモックに寝る。時にはそうしてフクロウやナマケモノの視線から世界を見るのもいい。

もうひとつ、とりわけスローな趣味がある。飛行機づくりだ。ＥＳＩの予定地にたつ倉庫の中に、つくりかけの飛行機がある。食用油をディーゼル化して飛ぶ。なかなかこのために時間がとれないので、作業は遅い。だがダグラスの思惑どおりにいけば、数年後、ＥＳＩが軌道にのった頃、彼はこの飛行機で世界一周の旅に出るのだ。

この計画にはだがたったひとつの難点がある、とダグラスはある朝、まじめな顔でぼくに言った。倉庫の一角にあるキッチンの前で、飛行機のグレーの機体を眺めながら、彼の手づくりの朝食をごちそうになっていた時のこと。「それはね、ぼくの飛行機が飛びたった後に、マクドナルドのハンバーガーみたいな匂いがあたりにたちこめるってこと」

藁の家――スロー・デザイン

「空とぶ豚」の話をしよう。それはオーストラリア南部の田舎町にあるB&B（朝食付きの宿）のファンキーな名前だ。日本から「ナマケモノ倶楽部」が視察にやってくるというので緊張したのか、主人のモーリーンは、初め無愛想でとっつきにくい印象だった。最近、日本のチューインガム会社のコマーシャルの撮影がここで行われたという。だがそれは、ハーブでいっぱいの庭と周囲の田園風景が目当てで、彼女ご自慢の「藁《わら》の家」には無関心だったのがモーリーンには不満だ。

藁の家。英語でストロー・ベイル・ハウス。その壁は、藁を圧縮してつくった直方体のブロックを積み上げ、その表面を土で固めてできたものだ。ぼくたちを案内するモーリーンは次第にうちとけて、やがて人なつっこい笑顔で冗談を連発するようになった。同行した建築家の大岩剛一はその時のことをこう書いている。

「……分厚い藁の壁がかもしだす不思議な質感が室内に充満している。素焼きのタイルを敷き詰めた床。花柄のゆったりとしたソファと暖炉。壁の厚みのせいで出窓のように深く見える窓。その窓辺やサイドテーブルには、モーリーンが昼間摘んで生けておいた花と野草が飾られている。藁の家はまるで、モーリーンの心の中に今なお生きる〝少女〟が描いた、夢の家のようだった。」(「藁の家の宇宙」)

　ここ数年、北米で、オーストラリアで、ストロー・ベイル・ハウスが究極のエコロジー建築として人気を呼んでいる。その特徴はまずその抜群の断熱性能。一般のいわゆる高断熱住宅の二倍から三倍だという。「空とぶ豚」の場合、冬の外気が五度の時、室内温度は一六度、四〇度にもなる夏の日にも、室内は冷房やブラインドなしで二四度までにしかならなかったそうだ。断熱性とともに吸湿性、遮音性の高さが低エネルギー生活を可能にしてくれる。

　建設コストも安く低エネだ。そもそも主要な素材である藁は、再生するのに何年もかかる木と違って、毎年食糧生産の副産物として手に入る。しかも田んぼや畑があるところなら、地元で素材を調達できる。カリフォルニアでは最近まで収穫後の稲藁を焼却処分にしていたが、それが大気汚染防止法で禁止されることをきっかけに、ストロー・ベイル・ハウスが注目されたといういきさつもある。

　耐久性、耐震性、防虫性も北米やオーストラリアでは実証済みで、すでに一部の州で法的に認可されている。火炎放射器による燃焼実験でその難燃性も証明されている。

　また建設方法が比較的単純で、専門家でなくとも容易に設計や建設に参加できる、というのも大事な点だ。ぼくがカリフォルニアで見たストロー・ベイル・ハウスはどれも施主自身が設計と施工の中心になり、家族、友人、知人とともに手づくりで建てたものだった。フンボルト郡で建設中の二階建てアーチ型の家などは、高エネルギー材であるセメントを避けて、かわりに石を組んで土台とし、木もほとんど使わないというこだわりようだった。ここでも施主が日曜大工風に週末だけやってきて、雨期には建設を中断し乾期にまた再開するという、スローで楽しげな家づくりだった。

かつて家屋というものがすべてそうだったように、ストロー・ベイル・ハウスもまた地域の土から生まれた自然素材でつくられ、またいつかその土に還っていく。その当たり前のことを再確認するために、ぼくたちは海を渡ってこうして遠く旅してきたのだった。

ぼくたちは「空とぶ豚」で楽しく安らかな一夜を過ごした。朝にはまるで長年の友人を迎えるような笑顔で、モーリーンは二階の寝室から下りてくるぼくたちを迎えた。朝食は、手づくりのまだ温かいパン、自家製のイチゴやルバーブのジャム、アンズのソースにヨーグルト。大岩はあの一夜の「空間体験」をこう表現している。

「室内には、いわく言いがたい静寂とまろやかでコクのある空気がみなぎっていた。そして、土壁から滲み出るように伝わってくる藁の質感が、終始ぼくたちを押し包んだ。穏やかで満ち足りた時の流れ……」(「藁の家とスロー・デザイン」)

琵琶湖のほとりにある大学で教えている大岩は以前から、この湖の生態系で重要な役割を果たしてきた葦《よし》に注目していた。葦の藁を編んでつくったのがよしずで、昔からこの地方の特産物だった。葦を育成し、収穫する葦田では、冬の終わりに葦刈りを行うが、そうすることによって葦は次の年の健全な生育を保証される。伝統的な林業や稲田のように、長い年月を経て、そこには人間の営みをも含む生態バランスがつくり出されていた。プラスチックなどの化学合成材の台頭で葦の経済価値が下落し、湖岸の開発が進む中で、葦原は急速に破壊され、今では片隅にわずかに残されるだけとなった。しかし近年、この葦のもつ水質浄化作用が注目され、また建築素材としての価値も高く評価されつつある。

地元の葦職人が中心に進めている、葦原の再生とその持続可能な利用のための運動に参加してきた大岩はやがてストロー・ベイル・ハウスとの出会いを通じて、「スロー・デザイン」というコンセプトにたどり着く。

「デザインとは、自らの生活をつくり出す道筋を照らし、かたちを与えることである。小さなもの、つつましいもの、失われたもの、そしてゆっくりと持続し循環するものの意味を見直し、住まう心と技術を私たち自身の手に取り戻すためのデザイン。それを〝スロー・デザイン〟と呼んでみよう。」

ぼくが藁の家にこだわるのにはもうひとつの理由がある。それはあの「三匹の子豚」という寓話だ。三匹のそれぞれが建てる藁の家、木の家、石の家。結局頑丈で、安全な石の家をつくった豚が利口だったという他愛のない話だが、ここにぼくはほとんど悪意にも似た西洋中心思想の思惑を感じてしまう。世界中の植民地で、西洋人はこのような寓話を使っては、西洋文明の優位を吹聴し、原住民文化を愚弄してきたわけだ。石をコンクリートに置き換えれば、そのまま近代主義に、そして二〇世紀後半の開発イデオロギーにうってつけの寓話だ。人口ひとりあたりのコンクリート消費が世界最大の土建屋国家日本では、今でも幼稚園で幼い子どもたちに「三匹の子豚」の劇をやらせている。そうして、コンクリートを崇拝することと、藁と木と紙と土の家に住んだ祖先を愚弄することを教えている。

「三匹の子豚」から「空とぶ豚」へ。ぼくたちはストーリーを思いきりひっくり返してやらなければならない。長い長い年月の中で、大地によって育まれ、文化によって形づくられた「スロー・ホーム」の物語へと。

第四章　「いいこと」と「好きなこと」をつなぐ——スロー・ビジネスの可能性

ぼくは雨を信じる。思いもかけない奇蹟が起こるっていう可能性を、そして地球を迷いもせずに縦断してみせる極地の鳥たちの知恵というものを、ぼくは信じる。
（ポール・ホーケン「ゴールド・イン・ザ・シャドウ」より）

藤村靖之の「発明起業塾」にて

二月末のある日の夜明け前、大阪湾の埋立て地につくられた公園の道を一団となって歩く十数人の男たちがある。雨が上がり、やがてどこからともなく雲がうっすらと明るむ。鳥たちが大儀そうにさえずり始める。目の前を船が通り過ぎていく。そこから見れば、この一団はさしずめ、上陸したばかりの密航者の群れというところだろう。

科学者で発明家の藤村靖之が主宰する「発明起業塾」の合宿の朝だ。藤村塾長の提案どおり、塾生たちはまだ暗いうちに起き出して、じっとしているのも寒いのでこうして歩いているのだった。藤村は少し恥じらいのこもった笑みを浮かべながら、この朝の集まりのことを「ヴィジョン・クエスト」と呼んだ。ヴィジョン・クエストとは、北米インディアンの若者が何日も荒野をさまよってさまざまな試練をくぐりぬけた末に、一種の御告げとしての幻影《ヴィジョン》を得るという成年儀礼だ。

藤村の説明はこうだ。人間には二種類あって、ひとつは人間を他の生き物の上位に置く征服民族としての我々、もうひとつは人間と他の生物に上下の区別をしない先住民族。我々のヴィジョン・クエストは、「先住民族に倣って、九五パーセント欲望と不安と恐怖に包まれている自分自身を、束の間、解き放とうとするもの」だ。そう言ってから、「一〇〇パーセントと言わず、せめて五〇パーセントでも」とつけ加える。それを聞いて、「怪しいなあ」と塾生たちは照れたように笑ったのだが、六時にはみんな起きて文句も言わずに夜明けの公園を歩いている。まじめな顔で、ヴィジョンが本当にやってくるのを待っているとでもいうように。

発明起業塾の塾生の中で一番多いのが、中小企業の経営者。次いで大企業の社員。先端ハイテク企業のエリート・エンジニアもいる。さらに、NPO活動家、大学生なども混じっている。この合宿に先だって、藤村はぼくにこう言ったものだ。種々雑多な人々からなるこのグループに共通しているのは、「どうせなら何かいいことをしたい」という気持ちだ、と。

合宿の初日はまず藤村の講義から始まった。これまで数カ月にわたって月に二度ずつ続けられてきたセミナーの要点をおさらいする。ぼくが抱いていた「企業人セミナー」という堅いイメージがあっさり崩れる。地域の親睦会、日曜大工か園芸の同好会といった雰囲気だ。藤村の話にも、塾生の反応にも、冗談と笑いが絶えない。

発明と起業の出発点、それは、「いいことをしたい」（社会性）と「好き」が重なる地点だ、と藤村は言う。「いいこと」だけでは長続きしない。何のために発明するのか、起業するのか、と自問してみよう。人によっていろいろ理由があるだろう。それを今ごく大雑把に「自分の幸せのため」と言いきってしまう。では幸せとは何か。これまた難問で、さまざまな理屈がありうるだろうが、とりあえずこんなふうに定義してみる。「好きなことをやって、人から尊敬され、しかも利益が出ること」だ、と。

「いいことをしたい」と「好き」から出発して、その次に「事業性」がくる。自らを、利益を生み出す事業の事業家と規定する。それは、利益が出ないとせっかくの「いいこと」も「好きなこと」も長続きしないから。ここで、自分を政治家やボランティアと区別することになる。

では、やっぱり「金儲け主義」か？　否、と藤村はきっぱり答える。彼によると、金儲けという動機からは発明は生まれない。なぜなら、金儲けの原理は「儲かることなら何でもいい」ということ。「三六〇度何やってもいい」という自由は、発明の原動力である集中力を損ねる。キョロキョロしてしまうのだ。また金儲けの本質は「追いつけ追いこせ」の果てしない競争にある。「追いつけ追いこせ」はすでにつくられた走路を、同じ方向に向かって走りながら、どちらが先に立つかを競うもの。これもまた発明とは相容れない保守的な原理だ。現に企業のほとんどはいわゆる「先端」技術にばかり気を奪われ、流行の技術を追いかけることに汲々としている。そして、あわよくばまねをして、上手にただ乗りしてやろうと。こういうところに発明は生まれない。

以前、藤村からこんな話を聞いたのを思い出した。第三世界のどこか電気のないところで、誰かがエジソンの発明のことを全然知らないまま、電球を〝発明〟したとする。これが発明だとは誰も認めないだろう。だが、本当にこれは発明ではないのだろうか？　藤村がここで指摘しているのは、「発明する」ことと「先端に立つ」こととの違いだろう。確かにぼくたちの現代社会は、目新しい「先端」ばかりがあふれて、実は本当に新しいものは少なく、貧しい。「北」の国々の我々は「南」が「遅れている」ことに疑いをもたない。だが「遅れている」と言えるのは、「南」の彼らが我々と同じ走路を、「先端」へ向けて競走している、と仮定した場合のことだ。ところでその仮定は正しいのか？

藤村の講義が続く。事業コンセプトが定まったら、次に商品コンセプト。発明がくるのはさらにその後。実は、この筋道は通常の発明のプロセスとは違っている。しかし発明起業家としては、こういう筋道を通ることで、視点が定まり、集中度が増す。商品にはそれをつくる人の思想が表現されてしまうものだ、と言って藤村はいくつかのエピソードを紹介する。塾生たちが大笑いしながらそれを聞く。

液晶を使って「一年中楽しめる」人工ホタルを〝発明〟したある大学教授。「ホーム・オートメーション」の名のもとに、ドアを手で開ける必要もない家を開発中の大企業プロジェクトチーム。化学物質を使って抗菌下着を〝発明〟した企業お抱えの科学者。この種の発明家が意見を求めて藤村を訪ねてくることがよくある。そんな時、彼は「あなたは自分の愛する子どもにそれを使わせますか」とだけ聞くことにしているという。

だが、忘れてならないのは、商品にはつくり手だけでなく、それを買ったり使ったりする人の思想も表現される、ということだ。そこでマーケティングということが問題になる。これまでの教科書によれば、マーケティングとは、「古い人が古い人に古いものを古い仕方で売る」ことだと規定されている、と藤村塾長。これは大企業向けの規定であって、これがまかり通る世界では「新しいものは売れない」、というのが常識だという。自動車の「ニュー・モデル」を売るのは、すでに存在している購買者に、誰もが知っている自動車というものを、「ニュー・モデル」というおなじみの古い手で、売るということにすぎない。それに対して発明起業家のマーケティングとは、「新しい人が新しい人に新しいものを新しい仕方で売る」ことだ。これは教科書的な常識からすれば、奇蹟を起こすことに等しい。「私たちはその奇蹟を起こすためにここに集まっているんですね」と、塾長は言い、塾生は屈託のない笑いで応える。

バカなものが売れるのはなぜか。それは消費者がバカだからだという決めつけが商品をつくる側、売る側にあるのではないか。実際には、消費者はバカなのではなく、自分で製品を生み出せないので、市場にあるものから選ぶ自由しか与えられていないだけだ。選択肢さえあれば消費者はそれを選ぶ能力をもっている、という考えに立って、生産者の側は選択肢を増やす方向で努力をする方がいい。同時に、技術者として誰もが本当は知っているのに言わないできたことを、消費者に告白する。「あらゆる点で優れている完璧な商品」なんてありえないんだ、ということ、を。研究者、技術者、生産者は、消費者に対して謙虚に、不完全なる者としての自分たちへの寛容さを求める。

　本来、企業の側にも消費者の側にも見識というものがあるはずだ。しかし、実は両者の見識は別々に存在するものではなく、互いに支え合い、互いを高めたり、低めたりするものだろう、と藤村は言って、こんな例をあげる。三〇年前にはなぜ企業は石鹼に防腐剤を入れなかったのだろう。三〇年前だって、入れればひび割れしない石鹼ができることくらいわかっていたし、やろうとすればできた。でもしなかった。なぜか。それは多分、やったらろくなことにならない――地球環境への影響のディテールは知らなかったにせよ――、だからやらない、という見識があったからだろう。そしてもうひとつ、防腐剤を入れなくても消費者が買ってくれた。そういう見識が消費者にあったともいえる。

　いい匂いがするとか、ひび割れしないとか、いい色をしているとかということは、本来、石鹼という商品にとってせいぜい五、六番目くらいに大事なことでしかない。これらが一、二、三番目の大事なことに抵触したり、それらを押しのけたりしてはいけない。優先順位《プライオリティ》についてのそうした見識が今ではすっかり失われてしまった。この見識を消費者とともにもう一度育てていく努力の中に、実は、新しいビジネスの大きな可能性が潜んでいるはずだ。

さて、塾長によるこれまでのセミナーのおさらいがすむと、いよいよ、塾生たちが発明にとりかかる時だ。三、四人ずつのチームを組んで社会性、事業コンセプト、商品コンセプト、発明、マーケティング・コンセプトというふうにまる一日かけて進んでいく。その間チームのディスカッションは何度でも全体のミーティングにかけ直され、塾長からの批評に晒《さら》されて、揉《も》まれ、磨かれていく。

スウェーデン方式のスロー・サイエンス、スロー・テクノロジー

ぼくが藤村に初めて会ったのはブラジルでだった。共通の友人である有機無農薬コーヒーのウィンドファーム社の中村隆市が主催したツアーで、一緒にミナス・ジェライス州にある有機無農薬コーヒーの農場を見学したり、有機コーヒーとフェア・トレード（後述）についての国際会議に出席したりした。

レストランで食事をしながら、街を散歩しながら、あるいはバスの中で、藤村はぼくにいろいろな話をしてくれた。特にぼくを驚かせたのは、「いいこと」と「好きなこと」を軽々とつないでしまう、この科学者の「道楽の思想」だった。まず彼はおいしく安全なものを安価に食べ、飲む、という自分自身と家族の欲求を満たすべく、さまざまな酵母を自在に使い

ながら、パン、チーズ、ヨーグルト、味噌、漬け物、納豆、ビール、ワインなどの発酵食品を自分でつくっている。快い眠りを求めて新型ベッドを、いい室内環境を求めて空気清浄器や除湿器を、安全でおいしい水を求めて浄水器を、煎《い》りたての香り高いコーヒーを求めて手煎り焙煎器を発明した。大好きな水泳は欠かさないし、趣味のチェロ演奏もセミプロ級。

もうひとつ、藤村の話を聞いてみずみずしい印象を受けたのは、彼の遊び心のすぐ裏側に、粛とした倫理感が付き添っていることだった。彼は会って間もないぼくに、彼の人生の転機となった息子の病気について話してくれた。それまで藤村は大企業の熱工学研究室長として、日本における科学技術開発の第一線に立って活躍していた。しかし、一九八四年、空気のいい海辺の町で大事に育てていたつもりの二歳の息子がアレルギー喘息にかかったのをきっかけに、会社を辞め、アレルギー問題の研究に着手し、同時に「カンキョー」という名の会社を起こした。この会社はやがて、藤村の発明した「クリアベール」という空気清浄器を発売し、国内外に二五〇万台を売ることになる。

アレルギーについて調べていくと今まで全く知らなかったことがわかるようになった。まず、日本の子どもの二パーセントが喘息にかかっていて、そのうち年間六百人が命を落としていること。また喘息を含めたアレルギーの子どもが当時すでに二五パーセント（現在は五〇パーセント）にのぼっており、その主な原因のひとつが環境の悪化――特に室内環境の悪化にあるということ。そしてその悪化の主な原因として、化学物質の氾濫《はんらん》があるということ。彼自身がやった調査では、市販の布団から二八種類の化学物質が検出されたという。もうひとつ、からだの表面や体内の微生物が激減しており、それがアレルギーの大きな原因になっていること。彼の関わったある研究によれば、子どもの腸内の微生物の数はこの一〇年で半減しているという。

こうした一連の驚くべき事実の発見によって、自分が拠りどころとしてきた科学的思考が根元から揺さぶられるのを藤村は感じた。自分の子どもを含むこれほど多くの子どもたちを蝕《むしば》んでいる病について、何ひとつ知らずにいた科学者の自分とは一体何か。しかもその原因となる化学物質の氾濫をつくり出してきたのは他ならぬ科学であり、自分を含む科学者だった。

ブラジルの国際会議で壇上に上がった藤村は、有機農業の関係者が大多数を占める聴衆に向かって、こうしたアレルギーについてのこれまでの自分の研究を語り、さらに近年の彼のテーマである環境ホルモンについて話した。すでにシーア・コルボーンら三人の共著『奪われし未来』などで明らかにされた実態の一端を紹介してから、こうつけ加えた。今、一週間に三千種類の新しい化学物質がつくり出され、アメリカのデータ・バンクに登録されている。そのひとつひとつの物質について環境ホルモンとして有害であると証明するのには一年から二年かかる。これでは追いつくはずがない。ではどうすればいいか。藤村は、「悪いことが証明され、法律で禁止されたら、渋々やめる」日本方式と、「悪いとわかっていることをやらないのはもちろん、いいとわかっていないことはしない」スウェーデン方式を紹介した上で、スウェーデン方式にしか未来はないと聴衆に訴えた。「日本をマネしないでいただきたい」と。

日本ばかりではない。現代世界の科学技術の主流はこのスウェーデン方式にあらゆる場面で反対し、抵抗してきたといっていい。「一週間に三千」という猛烈なスピードを維持し、さらに加速するのが科学技術の進歩であり、それを「ひとつにつき一、二年」というスローなペースに合わせて減速するのは、大きな後退だ、というわけだ。

藤村は一九八四年以来生まれ変わった科学者としての自分の原則を、社会の趨勢に反してスウェーデン方式、つまり「いいとわかっていないことはしない」とした。それは安全確認のために多大な時間を割きながらゆっくりと進むスローなサイエンスと、スローなテクノロジーを選ぶことを意味する。彼はそれを「悔い改め」と呼ぶ。

現代文明、そしてそれを支配する科学、技術、経済とビジネスの各分野に共通して欠如しているものが三つある、と藤村は考えている。第一の欠如、それは循環の思想。第二に、人の痛みがわかる感性の欠如。そして第三に、人間は完璧でないという認識の欠如。スロー・サイエンス、スロー・テクノロジー、スロー・ビジネスは、これらの欠如を丁寧に辛抱強く補塡することを目指すだろう。

スローなビジネスは可能だ

英語で商売《ビジネス》がスローといえば、それは振るわない、不調だ、景気が悪いということを意味する。そもそも、ビジネスということばからして、ビジー・ネス、つまり忙しさのこと。一定の時間にいかに密度濃く商売するか、一定の商売をいかに速くこなすか、がそこでの主要な関心事なのだ。だからビジネスとは時間との競争であり、本質的に加速するものだと考えられるわけだ。そして、そのビジネスに奉仕するサイエンスやテクノロジーもまた「より速く」を合い言葉にしのぎをけずる。この競争の中で、藤村の言う「三つの欠如」は当たり前のこととなり、今では、ビジネスの世界で循環の思想に真剣に取り組んだり、他人の痛みがわかる感性を保持し続ける者はほとんどいなくなった。いかに良心的なビジネスマンも、

「ビジネスはビジネス」と割り切るのだ。

しかし、この「常識」に疑問を投げかける企業が世界のあちこちに現れ、その輪は着実に広がり始めている。ヨーロッパではスウェーデンの医者カール＝ヘンリク・ロベールらが提唱した「ナチュラル・ステップ」という環境教育プログラムが、企業にも大きな影響を与えてきた。米国では、エコロジー派の企業家ポール・ホーケンらが「ナチュラル・ステップ」のアメリカ版を構想し、自ら一連の環境型ビジネスをつくり出し成功させてきた。ホーケンの名著『エコロジー・オヴ・コマース（邦題：サステナビリティ革命）』を読んで感銘を受けたカーペット業最大手インターフェース社のレイ・アンダースン社長は、全社あげてエコロジカルなビジネスへの転換をはかり、数年のうちに著しい成果をあげた。同時に業績を伸ばした同社は、今や環境型ビジネスの世界的なモデルとなった。

日本でも、『世界でいちばん住みたい家』で広く知られるようになった住宅建設会社「木の城たいせつ」は、創設者で元宮大工の山口昭の生命地域思想《バイオ・リジョナリズム》（人間も生態系の一員として地域に住み直すべきだとする。第九章参照）を経営に貫くことによって、ビジネスと環境が共存共栄しうることを示した。

これらの例が示しているのは、スローでエコロジカルなビジネスが不振《スロー》だとは限らない、ということだ。藤村靖之の「発明起業塾」からもそうした新しいビジネスが生み出されつつある。

フェア・トレードと「非電化」運動

「カンキョー」は、大手メーカーとの競争の中でこれまで二五〇万台の空気清浄器を売った。喘息の子どもたちの約七五パーセントがこの装置を使うことによって発作を抑えることができるという。この発明を振り返って藤村は「悪い発明ではなかった」と言いながらも、なお不満そうだ。喘息の子どもたちの発作を抑えることを目標にした空気清浄器は、対症療法にすぎない。所詮それは環境問題の原因に触れるものではありえない。エネルギーと化学物質の使いすぎという環境問題の原点に戻って、そこから状況を変えていくことにこそ、発明家にとっての本当の冒険があるのではないか、と藤村は感じる。そんな彼が取り組み始めたのが「非電化時代」という壮大なテーマだ。

「非電化」とは、電力と化学物質に頼りすぎる生活をやめよう、という意味を込めた藤村の造語だ。このテーマのもとに、電気を使わない掃除機、洗濯機、除湿器、冷蔵庫、エアコン、振るだけで永久に使える電池などが発明され、試作品もできている。使い捨てフィルターなしの浄水器、コーヒーの手煎り焙煎器などはすでに製品化に入っている。

これら非電化機器を製品化する上で最大の問題は、今使われている電化製品より、少しばかり面倒になり「不便」になることだ。例えば試作された非電化除湿器の場合、限度まで吸湿させた後、布団を干すような具合に陽にさらすことが必要になる。しかし、それさえしていれば、除湿能力は何度でも回復して、半永久的に利用できる。そうした少しの「不便」を、リモコンを押すだけの「便利」に慣れきった日本やアメリカの消費者が、果たして受け入れられるか。それが問題なのだ。

この問いに対する藤村の答えはノー。非電化製品は日本では普及しない、というのが彼の考えだった。彼は非電化機器をいわゆる「途上国」向けに発明していった。「南」の諸国による「北」の後追いがこのまま続いて、電化製品が一般家庭にまで普及するようになったら地球環境はひとたまりもないだろう。かといって、「南」の人々の生活向上へと向かう欲求を、今のまま押しとどめておくこともできない、と彼は考えたわけだ。

そんな藤村を説得して、「南」の国々ばかりでなく、この日本でも非電化運動を展開しようとしているもうひとりの「ビジネスマン」がいる。藤村の友人、中村隆市だ。中村は藤村にこう言ったという。いや、藤村さん、非電化製品はエネルギーのほとんどを消費している

「先進国」にこそ必要です。少々不便でも電気の消費量を減らしたいと思う人は日本にも多いので、普及する可能性はあります、と。

中村は北九州の生協の職員として無農薬農業の普及に携わった後、一九八七年、独立して「有機農産物産直センター」を起こした。その後、株式会社「ウィンドファーム」を設立、中南米からの有機コーヒーの輸入・販売を軸としたビジネスを展開してきた。これまでの搾取型の貿易ではなく、第三世界とのフェアで持続可能な交易を目指す「フェア・トレード」が、今、日本でも注目されているが、中村の事業はその先駆けといっていい。

またそれは社会運動や環境運動とビジネスとを融合させてきた稀有な例でもある。中村はチェルノブイリ原発事故被害者の支援運動を自ら組織して日本全国に展開、また九州における再生可能エネルギーの推進運動でも活躍する。中南米のコーヒー生産者と日本の消費者の交流にも熱心で、自らも定期的に現地へ赴き、社会活動、環境活動に参加している。彼によれば、「フェア・トレード」とは、「南」と「北」、生産者と消費者との関係における公正さだけでなく、人間と他の生き物たち、今の世代と未来の世代の間のフェアな関係をも目指すものだ。

チェルノブイリ事故一五周年にあたる二〇〇一年四月、中村がベラルーシから招待した被害者グループをゲストに迎えて「脱原発の文化へ」という集会が東京で開かれた。そこで中村は、藤村の講演に先だって、聴衆にこう語りかけた。

「私はチェルノブイリ支援、脱原発、自然エネルギー推進などの運動に関わる中で、省エネの重要性を真剣に考えている人が増えていることを実感しています。ぜひ日本でも、藤村さんの非電化運動を進めたいのです」

中村の提案はこうだ。一般に電化製品などの工業製品は大企業でなければつくれないと考えられてきた。確かに資金面でも、製造や販売の面でも今までどおりのやり方ではむずかしいだろう。そこで、ちょうど生産者と消費者が提携して有機農業を育ててきたように、〝有機工業〟とでもいうべきものを育ててはどうか。彼は「ナマケモノ流・脱原発と非電化運動」という文章の中でこう説明している。

「二五年以上も前に、農薬の問題に気づいた一握りの生産者と消費者とが手を結び、手探りで育ててきた有機農産物の産直運動が、現在、農業全体を無農薬栽培や減農薬栽培に向かわせつつあるのと同じことを、エネルギーの問題でも展開できないでしょうか。つまり生産者（発明家）と消費者とが手を結んで賛同者を募り、一緒に非電化製品を作っていく運動です。」

最大の問題は非電化製品の製造資金だが、中村は、共同生産・共同購入方式によってこれまでの「工業製品は大企業」という常識をくつがえすことが可能になる、と考えている。例えば藤村の発明した非電化製品の場合、試算によれば、除湿器で千人、洗濯機で三千人、エアコンで一万人程度の購入希望者がいれば手頃な価格で商品化できるという。

中村はこんな例を紹介している。あるイギリス人が一九九五年に「ぜんまいラジオ」を発明した。これは二〇秒ぜんまいを巻けば四〇分聞けるというラジオ。この発明家は、ある時、「エイズ予防のための知識を広めるにも貧しい第三世界ではラジオの電池も買えない」と聞いて、ぜんまいラジオを思いついたそうだ。中村は言う。こんなふうに、「非電化製品を望む人が増えれば増えるほど、その研究開発に取り組む人が増えます。将来、世界の各地で、さまざまな非電化運動が広がっていくことを期待しています」、と。

第五章　テイク・タイム——「動くこと」と「留まること」

彼が倹約した時間は、じっさい、彼の手もとにひとつものこりませんでした。魔法のようにあとかたもなく消えてなくなってしまうのです。彼の一日一日は、はじめはそれとわからないほど、けれどしだいにはっきりと、みじかくなってゆきました。あっというまに一週間たち、ひと月たち、一年たち、また一年、また一年と時が飛びさってゆきます。

（ミヒャエル・エンデ『モモ』より）

地球・生物時間と産業時間のぶつかり合い

何かをするには時間がかかる。何をするにも時間がかかる。「時間《テイク》がかかる《タイム》」ということ、それは我々の社会では、すでにひとつの障害である。困ったことであり、厄介事なのだ。なんとか解決し、克服すべき問題だ、と考えられている。テイク・タイムはこの場合、「時間が要る」というニーズや稀少性としての時間を語っている。画家ジョージア・オキーフの美しく悲しいことばを思い出す。

「誰も花を見ようとしない。花は小さいし、見るっていうことには時間がかかるから。そう、友だちをつくるのに時間がかかるように。」

それにしても「時間がかかる」ことはいつから問題となったのだろう。文明批評家で環境運動家のヴォルフガング・ザックスによれば、「時間と空間は克服されるべき障害」とするところにこそ近代という時代の特質がある。そこでは、

「離れているものはすべて離れ過ぎているのである。ふたつの場所があって、その間に距離があること自体が厄介事。時の経過を伴うものはそれだけですでに遅すぎる。何かをするのに時間がかかること自体が無駄であり損である、とされる。」

そういう時代の中で人々は常に時間的、空間的な制約に対して闘い続けることを強いられる。障害を乗り越えよ。距離を縮めよ。無駄を省け。ザックスが言うように、「加速」こそが時代の命令だ。速さは何のため？　多分それは英語のタイム・セーヴィング、つまり時間を省くことで、その省いた分の時間をもっと有意義なことのためにとっておくため。しかし、だ。ハイテクが省いてくれたはずの時間は一体どこへ消えてしまったのか。

かつて描かれた未来図では、労働時間の縮小で人々はもて余すほどの余暇をもつはずではなかったのか。セーヴされた（省かれた）時間はさらに時間をセーヴするために投資されることになる。そうしてセーヴされた時間はまたさらに……。

量と速度を肥大化させた近代社会は、当然「自然にやさしい」社会ではありえない。ザックスによれば環境危機とは、ふたつの相異なる時間軸のぶつかり合いだと解釈できる。ひとつは近代的な時間、もうひとつは生命や地球を司る時間。以下ザックスの案内で見ていくことにしよう。（以下、主に「ザ・スピード・マーチャンツ」による。）

例えば、二〇世紀を特徴づける再生不可能な資源の消耗と枯渇という問題。いまだにわが産業システムは、百万年という時間をかけて貯えられた分の化石燃料を一年間に燃やしているという。蕩尽とはこういうことを言うのだろう。地球時計からいえばこの蕩尽の時代は束の間なのだが、現代社会の時間のスケールからは想像もできないような長い時間をかけてつくられた化石燃料は、それこそ花火のように夜空に消えようとしている。

例えば地球温暖化という問題。それは地球に本来備わっている炭素循環のサイクルが、化石燃料の燃焼によって出る膨大な量の二酸化炭素によって乱されたことを意味する。言い換えれば、二酸化炭素排出の速すぎるスピードが、同化吸収を行う地球のゆったりとした、スローなペースを上回ってしまったということになる。

現代産業の時間軸は生物の時間軸とも真正面からぶつかり合っている。ザックスがこんな例を紹介している。現在のカナダと米国の国境地帯に見られるある種の樹木は、地球温暖化が進むと絶滅するだろう。最後の氷河時代以降何千年という時間の中で、気温の変化に合わせてゆっくり移動してきた樹木たちが、急速な温暖化のペースについていけないのだ。気温変化の中で森は一年間に最長で五〇〇メートルまで移動することができるといわれるが、三〇年間に気温が摂氏一度から二度上昇するというような温暖化の中では、一年に五キロもの移動を要求されることになる。適応というスローなプロセスにかかる生物的な時間は与えられない。こんなふうに、産業時間に強いられた不公平な競争で、生物たちは続々と敗退していくだろう。絶滅危惧種としてリスト・アップする暇もないくらいのスピードで！　現在生息する生物種の三分の二が二一世紀の終わりまでに絶滅するという予測さえある。

第一次産業でも、産業時間と生物時間の衝突は激しい。要するにこういうこと。我々現代人は、動物や植物がゆっくりと交配し、成長し、成熟し、死骸となって土を肥やし、といった自然のリズムがあまりにスロー・ペースなので我慢ができないのだ。「どこかの怠け者の未開人じゃあるまいし、そんなペースに合わせていられるか」とばかりに、生き物に産業のペースを押しつける。農業に、牧畜に、魚貝類の養殖（世界で消費される魚貝類の四分の一が養殖による）に、林業に、科学技術の粋を結集して、より速くより多くの生産物をつくり出す。品種改良、単一栽培、化学肥料、農薬、抗生物質、ホルモン剤、遺伝子組み換え、クローン技術……。

自然のプロセスに産業時間を無理やりねじ込むということが、どれだけ巨大な犠牲を伴うかを、ぼくたちは二〇世紀を通じていやというほど学んできたはずなのだ。肉や卵の製造機械と化した「不幸せな」動物や魚や鶏。次々と現れる新しい伝染病。環境汚染。土壌劣化。表土の流失。生物多様性の喪失。産業時間のムチによって追いたてられながら、内在する時間を生きる自由を奪われた囚われの自然は、混乱し、不安定化し、劣化していく。

科学技術が省いてくれた時間はどこに消えたのか

これまで見てきた産業時間と地球時間との、また生物時間との対立の問題は、普通、経済と環境の関係として語られている。見田宗介が『現代社会の理論』の中で、現代社会というシステムがもつ限界の一番目にあげた「自然との臨界面」という問題だ。彼が指摘するもうひとつの限界とは、「外部社会との臨界面」であった。普通、「南北」問題と呼ばれてきた領域だ。

「北」における高速生活は、「南」の犠牲の上に成り立っている。数字を少しあげてみよう。世界人口の二〇パーセントにあたる裕福な人々が八〇パーセントの自然資源を消費し、GDPの八六パーセント（貧しい方の二〇パーセントの人々のわずか一・三パーセントに対して）、二酸化炭素排出の七五パーセント、電話回線の七四パーセントを占めている。特に世界の人口の五パーセントを占めるアメリカ合州国は、世界の自動車の三二パーセントを所有し、二酸化炭素の二二パーセントを排出し、世界中でとれるトウモロコシの四分の一を家畜の餌にしている。一九四〇年までに人類が使用したのと同じ量の鉱物資源をアメリカ人はその後六〇年間に消費した。アメリカ人は一人あたり、バングラデシュ人の一六八人分のエネルギーを消費している。地球上の人間みんなが北米人のライフスタイルをするには少なくとも地球が四つ要るという。

「より速く、より多く」の現代社会が生み出した、このようにもグロテスクな格差。正義とか、公平さとか、平等とか、民主主義とかを語る者は、スロー・ダウン、つまり「より遅く、より少なく」という生活のあり方についてそろそろ真剣に取り組む必要があるのではないか。

だが、それにしても「より速く」はぼくたちをより豊かに、だからより幸せにするのではないだろうか。自然や第三世界の人々を犠牲にしたのは確かにまずかった。でもぼくたちは産業時間を生きて、事実、より豊かに、より幸せになったのではないか？　そういう疑問はありうる。そしてそれに答えることは容易でもない。（この点については『現代社会の理論』を参照のこと。）

ただ、ぼくたちはとりあえず、先ほどの問いをもう一度繰り返してみることができるだろう。ハイテクノロジー機器が省いてくれたはずの時間は一体どこへ消えてしまったのか、と。自動車、新幹線、飛行機、携帯電話、コンピューター。リモコンひとつで操作できるエアコン、風呂、家に居ながらにして楽しめる一連のエンターテインメント機器、坐ったまま世界中の情報を受け取ることができ、多くの中間業者やサービスを省いてくれるインターネット・システム。これらが出そろった今、にもかかわらず我々が相変わらず多忙で、過労だとしたらそれはどうしてか。いや、以前にもましてストレスやプレッシャーを感じて辛いと感じているならば、それは一体なぜなのか。

これらのテクノロジーは我々をより楽にしてくれるはずのものだった。（少なくともぼくたちはそう教えられ、そう信じてきた。）つまり骨折りや労苦の時間を省いてくれる、つまり時間を「浮かしてくれる」はずのものだった。だが「浮いている」時間はぼくたちの周りには見当たらない。どこがおかしいのだろう。

二〇世紀を代表する技術、自動車。ザックスはそれについて『自動車への愛』という文明批評の書を書いている。Aさんが車を買う。これまでの通勤、子どもの送り迎え、買い物の際の不便がこれで解消する。つまり、これらの用事がもっと速く、簡単に（より短い時間と少ない労力で）できる、とAさんは考えたはずだ。しかし、彼はそこでホッとして、車のおかげで浮いた時間は余暇としてのんびり楽しむかといえば、それはおそらく違う。せっかく車という便利なものがあるのだからと、せっせといろいろな所に、もっと頻繁に出かけるようになるだろう。車があるのだから、今まで行けなかったような不便な場所や遠い所へも出かけていこう、と。

「スピードは魅惑的だ。なぜならそれは人に力を授けるものだから」とザックスは言う。疾走する車を操縦したり、世界中へと瞬時に電子メールを送ったり。そこには時間と空間という制約を克服したという陶酔があり、そうした力を得たという快楽があるだろう。それはデカルトの言う「大自然の主人にして所有者である人間」の具現化でもある、とザックス。

だから、Aさんが手に入れたはずのスピードという力は、交通のための時間を削減するという方向にではなく、より多くの距離を走破する方向に使われるだろう。時とともに、生活における距離の感覚は一変し、かつて遠かった場所はもう遠くないのだ。しかし逆に物理的にはずっと近い場所が、かってそこまで簡単に歩いていたことが今や信じられない（といって車で行くのも妙だという）ような「遠い」場所だと感じられたりもする。

五〇年前には自動車で一年間に二千キロ走っていたドイツ人は現在一年間に平均一万五千キロを走っているという。自動車だけではない。あらゆる新技術で「浮いた時間」はさらなる距離へ、より大きい出力へ、より多くの会合や商談へ、と転換される。いくら道路をつくっても混雑が解消しないわけだ。

スピード病――「留まること」「共に生きること」の衰退

ザックスは言う。加速が成長を駆り立て、逆に成長が加速をさらに促進する。こうしてスピード病が社会に蔓延する、と。この病は我々現代人の個人的な生活をも容赦なく感染させずにはおかないだろう。実際、日本の子どもたちはいつだって大人に「急いで」「早く」「グズグズしないで」とせかされている。最近は大人から子どもまでみんな忙しそうだ。忙しくない人のイメージはよくない。忙しくない人はこの社会に必要とされていない人、人気のない人、いてもいなくても同じ人。そんなイメージ。だからだろう。人は忙しくないような自分を恐れでもするかのようだ。子どもの頃のぼくには「忙しい」ということばすら、日常生活のボキャブラリーの中にはなかったように思うのだが。

もう一度アメリカ合州国の例をあげておこう。ある調査によると九〇年代のアメリカ人の就労者は七〇年代に比べて年平均一四二時間余計に働いているという。一方アメリカ人の親が子どもと遊ぶ時間は週平均四〇分にすぎない。一八歳から六四歳の大人で、昔より自由な時間が少なくなったと感じている者は四五パーセントにのぼるという。これが現代科学技術、それも航空産業や自動車産業やコンピューター情報産業で最先端をゆく国の人々が成し遂げた「時間的、空間的な制約の克服」の実態だ。

「こうしちゃいられない」が我らが時代の合い言葉。これを呟《つぶや》きながら、ぼくたちはいつも自分の日常にまとわりついている無駄を呪い、また自分のうちの非効率を責める。「時間がかかる」ことの中でも、直接生産や金に結びついていないように見えるものは「雑事」とか「雑用」とか「野暮用」とかと呼ばれる。家事全般がそうだ。それは「できることなら無しですませたい」厄介事であり、それに携わることは一種の無駄だと見なされ、それに携わる者は損でもしたように感じながら、「こうしちゃいられない」と呟くだろう。掃除、洗濯どころか今では、家族と過ごすことさえ「雑用」と見られかねない。

これは、経済学でいう「生産」の時間と「再生産」の時間が対立し、劣勢な後者がますます片隅に追いやられている姿だ。「再生産」のバスケットの中にはいろいろな活動が一緒くたに投げ込まれている。遊び、趣味、子守り、勉強、看護、雑談、お祈り、成長、老い、友だちづき合い、恋愛、散歩、瞑想、休息。これらは経済的で生産的な時間の中に収まりきらない「雑事」にすぎない。

しかし、人生とはそもそもこうした雑事の集積のことではなかったのか。ザックスが言うように、ぼくたちはこれまであまりにも「動くこと《ムーヴィング》」に関心を寄せすぎていたようだ。「動く者」としての我々はより速く動くことばかり考えていた。モビリティ、すなわち機動的であることこそが、その人の成功の証《あかし》であった。より速く到着し、より速く去ることに努力を集中しているうちに、我々は「留まること《ステイング》」の価値を忘れがちだったようなのだ。上にあげた「雑事」の数々はどれも「留まること」に関わる、「留まる者」たちならではの技術《アート》だといえるだろう。

「共に生きること」もまた「留まる者」たちのアートであり、知恵だ。動けば動くほど「共に生きること」はますます難しくなるもの。「共に生きること」を人生の本質的な価値と考える者は、もう一度、「留まること」を学び直す必要があるだろう。あるいは少なくとももっとゆっくりと「動くこと」を。

「留まること」は時間がかかる。「共に生きること」はもっと時間がかかる。ジョージア・オキーフが言うように、小さな花を見るのには時間がかかるのだ。そう、友だちをつくるのに時間がかかるように。

ここで言う「時間がかかる」は英語のテイク・タイム。しかし、同じテイク・タイムでも、「テイク・ユア・タイム」と言えば「まあ、自分のペースでゆっくりやれよ」という意味になる。そもそも人生とは時間がかかるもの、そして時間をかけるもの。じっくりと、ゆっくりと、のんびりと。あなた自身のペースで、テイク・タイム。

では
数字を　すて
時計を　すて
明日を　すて
あきらよ
畑に　星を植えよう

（ナナオ・サカキ「星を植えよう」より）

II

第六章　疲れ、怠け、遊び、休むことの復権

だが、時間は静かで平和を好み、安息を愛し、むしろの上にのびのびと横になるのが好きだ。

（『パパラギ』より）

疲れはいつもぼくたちの隣

アート・ブレイキーとジャズ・メッセンジャーズのアルバム『チュニジアの夜』に、「ソー・タイアード」という曲がある。「ひどく疲れて」というその題名にもかかわらず、活気に満ちた曲だ。

作曲者のボビー・ティモンズとリーダーのブレイキーの軽妙なピアノとドラムのかけ合いに導かれて、リー・モーガンのトランペットとウエイン・ショーターのサックスがテーマを

吹き始める。コミカルな味わいのテーマの繰り返しは全体に明るく楽しげだが、そこにはせっせと勤勉に働く自分への自嘲や、「やれやれ」といったため息も聴きとれる。ショーターのソロはいきなりそんな内面の声を表現する。足を引き摺るような堂々巡り。ブツブツ不平を言う声も聴こえるようだ。続くモーガンのソロは、彼ならではの引っ張るような、遅れ気味の、まとわりつくような、悩ましい音で、リリカルに、時に叫ぶように、「疲れ」のもうひとつの顔を表現する。さらにティモンズのソロからは、受容、あきらめ、安らぎ、落ち着き、静けさの音が聴こえてくる。

　疲れにはいろいろな形があり、色があり、感触があり、音がある。固体と思えば液体、また蒸発して気体にもなる。流動的で不定型。丸太《ロッグ》のように眠るかわりに犬《ドッグ》のように働きづめでクタクタ（「ア・ハード・デイズ・ナイト」）。ただ波止場に坐りつくして船と太陽の出入りを眺め、「骨休め《レスティン・マイ・ボーンズ》」（「ドック・オブ・ベイ」）。芝生が伸びるのをじっと眺めるだけのうだるように暑い午後（「レイジー・アフタヌーン」）。熱い日ざしの中、働いても働いても、まだまだ先はひどく長い（「ワーク・ソング」）。

　特にブルース音楽はさまざまな疲れで満ち満ちている。疲れがブルースをあんなにもセクシーで、悲しく、美しく、パワフルにしている。ブルーとはしんどいことだといっていい。

疲れている、草臥《くたび》れている、ばてている、へばっている、倦《う》んでいる、だれている、飽きた、嫌になった。

生まれつき青《ブルー》、だから金色の月の光も見えないの、と歌う「ボーン・トゥー・ビー・ブルー」。そう言われてみれば確かにそうだ。生まれてから死ぬまでブルーな気分はぼくたちに寄り添っている。元気な時にも、幸せな時にも、ブルーはすぐそこにある。愛のすぐ隣。疲れなしにぼくたちは生きられない。

ぼくたちの時代は疲れを嫌悪する時代だ。疲れは克服されるべきもの。隠すべきもの、抑圧すべきもの、退治すべきもの。疲れはこの時代を生きる者にとっての大敵なのだ。人は疲れているというそのことだけで批判される。疲れていることは恥ずべきこと。疲れを隠し、抑圧し、克服する努力を怠っていることが恥辱なのだ。ニューヨークでロンドンでトーキョーで、人々は疲労や眠気をなんとか抑え込みながら、緊張を持続して仕事に遊びに熱中する。コンスタントな〝ハイ（高揚感）〟を保つために、自らを叱咤し、互いに励まし合い、ガムを噛み、スターバックスへ走り、チョコレート・バーをかじり、さらに「清涼飲料」「健康飲料」で砂糖やカフェインやその他の薬物を供給し続ける。そこではロー（low）、スロー（slow）、メロー（mellow）は落伍者の三拍子。

疲れをからだいっぱいに漂わせている人が忌み嫌われる。なぜだろう。それは逆に、忌み嫌う側の人自身が疲れていることを示していないか。誰もがみな疲れており、誰もがそれを隠し、抑圧し、克服しようとしている時に、ある人が怠けて、無防備に、だらしなく、疲れを晒してしまう。そのことが許せない。そのことを許せばどうなるか。この社会が社会として成り立つために必要な何かが失われる。そうなるという証明はないが、なんとなくそんな感じがする、というわけだ。

このことを裏側から示す事実がある。あまりにも元気すぎると、これがまた嫌われるのだ。西洋語では挨拶をするのに疑問形で、例えば「ハウ・アー・ユー?」、調子はどうか、と訊ね合うことが多い。これは形だけの挨拶とはいえ、疑問形である以上、これに対する答えが要求される。答えとはいってもたいていは「元気だよ」ですませる。道でただ知り合いとすれ違いざまにかわす挨拶としてはこれで十分だ。仮にそれが病気の時でも、「元気」と言っておかないとすれ違いが立ち話になって、忙しい相手に迷惑をかけることにもなりかねない。また大事なことは、「元気だよ」を病気の時でも快調な時でも、いつもほぼ一様にそれほどの感情を込めずに言うこと。つまり、「このことばにたいした意味はない」というメッセージであって、実際には元気であるかもしれず病気であるかもしれない「元気だよ」なのだ。

しかし、それでも挨拶をかわす相手との親密度が高いと、いつも「元気だよ」では物足りなくなってくる。たまには立ち話をするような仲であれば、「相変わらず走り回ってるよ」とか「まずまずというところかな」とか「いやあ、ぜいたくはいえないよ」とか「まあ、なんとかやってるよ」などと答えることもできる。親しい友だちともなれば、「いやあ、ちょっと調子が悪くて」とか「最近疲れ気味でね」、時には「最悪だ」「死にてえよ」などとさえ言える。ここには、「元気である」という公的な建て前と、「実はみなそれほどいつも元気なわけではない」という本音との使い分けの構造がある。

というわけで、いつも元気な奴は怪しまれる。ハリウッド映画のヒーローじゃあるまいし。あいつには何かうさん臭いところがある。嘘っぽい。とはいっても当然そこにはある種の羨望や嫉妬もあるだろう。所詮、元気に見える方が、元気に見えないよりは何倍もベターなのだから。

ぼくが北米で長年暮らして日本に戻った当時、職場の同僚や知人から幾度か「あんたはいつも元気そうだねえ」と、嫌そうに言われた。ぼくが海外暮らしで身につけた「ファイン・サンキュー」的な雰囲気を、からだの表層に漂わせていたということはありうる。では日本は北米より疲れに寛容な社会かというと、そんなことは全くない。アメリカにもまして日本には疲れている人が多く、また疲労の度合いが深く、だからこそ一層、それを隠蔽、抑圧、克服する必要が強調され続けて、一種の集団ヒステリアを成している。素直で明るく元気な子、素直で明るく元気な大人。相変わらずそれが「期待される人間像」なのだ。「疲れている人」は可愛がってもらえない。もてない。面接試験で落とされるだろう。「オヤジ」と呼ばれて嘲笑されるだろう。無気力老人として疎《うと》んじられるだろう。

バートランド・ラッセルによる勤勉思想の批判

資本主義文明が支配する国々の労働者階級はいまや一種奇妙な狂気にとりつかれている。……その狂気とは労働への愛情、すなわち各人およびその子孫の活力を涸渇に追いこむ労働にたいする命からがらの情熱である。
（ポール・ラファルグ『怠ける権利』、一八八〇年より）

イギリスの哲学者バートランド・ラッセルが『怠惰への讃歌』を書いて、勤勉思想に対する痛烈で皮肉たっぷりの批判を浴びせたのは一九三二年、大恐慌直後のファシズム台頭の時代のことだ。ふたつの大戦に挟まれ、東西の冷戦に先立つこの時代、社会的な思考の多くが、どの社会体制を、どの政治イデオロギーを選ぶか、をめぐって動いていた。そんな時代にラッセルは勤勉思想という害毒が、社会主義、資本主義的自由主義、ファシズムといった社会体制やイデオロギーの違いを超えて欧米社会全体を侵していることを見抜き、その危険を警告することができた。この文明批判は今も新しい。なぜなら、我々は世紀を越えて今も勤勉の呪縛のもとに喘いでいるのだから。

ラッセルによれば、世の中には、仕事や労働はそれ自体が立派なものだ、という信念のようなものがあって、これが社会に多くの害悪をもたらしている。そこでは仕事の中身はともかく、仕事をするということ自体が重要なのだ。現代社会でも人々は雇用率の上がり下がりに一喜一憂するが、その雇用の中身については無関心だ。子どもたちは親が毎日仕事に行っていることは知っているが、実際に働いているところを目撃したこともなければ、仕事の内容を知りたいという好奇心もあまりない。

歴史的にみれば、それはかつて生産物を力ずくで奪い取った支配者たちが、生産者たちに労働の尊厳という道徳をもたせることによって、搾取の構造をおおい隠したことに由来する、とラッセルは言う。つまり、一生懸命に働くことが道徳的であると生産者たちに感じさせることで、彼らの「勤労の一部が何もしないでいる他の人々の生活を支える」ことが見えにくくなる。「この方法で、必要とする強制の量は減り、統制に要する費用も少くなった。」（『怠惰への讃歌』）

ラッセルは彼の時代についてこんなふうに言っている。科学技術が進歩し、今では機械が人間の労働を大幅に省いてくれる能力をもっている。だからやり方によっては誰もがより少なく働いてしかも安楽に生きていける可能性は増大している。「だのにわざわざ私たちは、或る人々には過労を、他の人々には飢餓を与える道をとっている。」

資本主義では必要のないものをたくさん生産し、一部の労働者を過度に働かせることで、失業者を生み出す。機械を導入しても労働時間を減らすかわりに人員を削減し、残った労働者をさらに駆り立てて生産をあげる。それでも、労働の尊厳という神話が維持しにくくなると、どうするか。「戦争する。……一部の人々に高性能の爆薬を造らせ、他の人々にそれを爆発させる。その時の私たちのありさまは、花火を知ったばかりの子どもそっくりである。」

一方社会主義では、本来、「生活必需品や生活に慰安をもたらす基本的なものが誰にでも十分に供給されるようになるや否や、労働時間を次第に減じていく」はずなのだが、ロシアの現状をみるとどうもそうなりそうにない、とラッセルは悲観的だ。「現在のひまを犠牲にして将来の生産力を」、というのがロシア政府の方針で、そのために新しい計画を次から次へと編み出している。その計画のひとつとは、北極海の一部であるカラ海をダムで区切って、白海やシベリア北岸を暖かくするというものだったという。それが自然環境に与える甚大なインパクトを思うと恐ろしいが、ラッセルはただ、「プロレタリアが安楽になるのを一時代おくらせるもくろみ」だと言い、それは精いっぱい働くべしという道徳を自己目的化した結果だとする。

七〇年後の現代を生きるぼくからみると、ラッセルは科学技術の進歩や「近代的で合理的な生産方法」に過大な期待を寄せている点で、近代主義的であり、あまりに楽天的だ。また彼の言う「仕事」や「労働」が主に筋肉労働を指していたこと、彼の言う「機械」が主にその筋肉労働を減じる種類のものを指していたことも、彼の議論をぼくたちの時代にそっくりそのまま当てはめることを難しくしている。しかし、にもかかわらず、ラッセルの「怠惰《アイドルネス》の思想」はなおあまりにも新鮮だ。

「戦争の世紀」としての二〇世紀。数々の戦争を貫くものとして「生産主義」と「競争主義」があって、それを「労働の尊厳」神話が支えていたことを、ぼくたちはラッセルのことばとともに確認する。彼は言っていた。労働は神聖な義務だという考えから解放されれば、

「すりへった神経、疲労、消化不良の代りに、人生の幸福と歓喜がうまれ」、「戦争したがる気持はなくなってしまうだろう」、と。またそうなれば、生産をあまりに重んじすぎたり、消費をあまりに軽んじすぎたりすることもなくなって両者の間にバランスが生まれるだろう。生産階級は生産を、有閑階級は消費を、といった極端な偏りもなくなるだろう。

もちろんラッセルの言う「消費」は、今日の我々の消費社会における「消費」の概念とはかけ離れたものだ。彼が「消費を軽んじすぎる」として当時の社会を批判する場合、「消費」ということばで彼がイメージしているのは、昔の時代にはまだあったはずの「のんびり愉快になったり遊んだりする能力」を人々が自由に発揮するさまだ。

例えば農夫たちのダンスは、今では「辺鄙な片田舎以外では姿を消してしまった」とはいえ、その享楽は人間の本性に根ざしたものであるはずだ、とラッセルは思う。それに比べて、「都会人の快楽は、おおむね受け身になった」。しかし、もしもっと暇な時間があったなら、都会人も自ら能動的な役割を演じる快楽を取り戻すことができるだろうに。ここには生産ばかりでなく、消費に追いまくられて、「消費の美徳」に呪縛される二〇世紀後半の世界における人間の疎外が予言されている。

さらにラッセルが「現代人は、何事も何か他の目的のためになすべきで、それ自体のためになすべきでないと考えている」と批判する時、彼は今も世紀を越えてますます栄えている功利主義と効率主義の文明の本質を言い当てている。それが何かのためになるのでなければ、それは意味がないとする社会。そこでは、「今」はそれ自体のためではなく将来のために投資されねばならないだろう。またそこでは、余暇は明日からの労働力を準備する「再生産」であり、消費は景気を上向かせ、GDPを伸ばす再投資だ。「自然」はそれが人間のためになる限りにおいて「資源」と見なされるだろう。

こうした「目的と手段」の関係から外れるものは「無駄」で「非効率的」と見なされるだろう。休むことや遊ぶことは、それ自体では時間の無駄だ。労働力の再生産や娯楽産業の繁栄のためになって初めて価値がある。怠けることはけしからん。ただ歩くために歩くとか、ただゴロリとなりたいからなるとか、ただぼんやりと景色をながめるとか、はナマケモノの所業。ただ生きる、生きているから生きている、ではすまされない世の中なのだ。

多田道太郎の怠惰の思想

自然の本能に復し、ブルジョワ革命の屁理屈屋が捏《こ》ねあげた、肺病やみの人間の権利などより何千倍も高貴で神聖な、怠ける権利を宣言しなければならぬ。一日三時間しか働かず、残りの昼夜は旨いものを食べ、怠けて暮らすように努めねばならない。

（ポール・ラファルグ『怠ける権利』より）

多田道太郎は、今から三〇年前の日本でこう嘆いていた。世の中には勤勉の思想ばかりがはびこって、なぜ怠惰のイデオロギーがないのか。経済学ばかりが流行って、なぜ怠惰学がないのか。それは七〇年代の初め、我々の知る最後の政治的季節が終わろうとする頃のこと、しかし多田の「怠惰の思想」は政治的な「あれかこれか」の論理とはほとんど無縁なものに見える。むしろ、それに近しいのはフーテンやヒッピー。クレージー・キャッツの「スーダラ節」や「無責任男」や「ガチョーンッ」、渥美清の「寅さん」。まだ大衆文化なるものがあって、それが社会風刺や文化的抵抗たりえた時代の雰囲気に連なっているように思える。

多田にインスピレーションを与えたのは中世の『御伽草子』にある「物くさ太郎」の物語だ。ただ地べたに竿を立て、それにむしろをかけて寝転がっている太郎。ある時めぐんでもらった餅のひとつを後のためにとっておくのだが、それを鼻あぶらをつけたり、おでこに乗せたりして遊んでいるうちにうっかり落としてしまう。コロコロと道まで転がってしまったその餅をとりに行くのも面倒とばかり、太郎は竿で犬や鳥を追い払いながら、人が通りかかるまで三日も待つ。

「合理派ならば、あっさり立ちあがって、餅をひらうほうが最小努力の法則にかなっていると考えるであろう。しかし、そこがそうはゆかぬところに太郎の根性というものがある。」（「物くさ太郎の空想力」）

やっと通りかかったのが地頭の行列で、餅をひろうように要求する太郎の権威を畏《おそ》れぬ態度に、地頭は腹をたてながらもしまいには感心してしまう。これが因縁で、京に上った太郎はこれまでの不精が嘘のように精力的に活躍し、その強引な求愛のかいあって、お姫様と結ばれ、おまけに太郎が天皇家の血をひくことも判明して、ハッピーエンド。

物語の前半の「ものぐさな太郎」と後半の「ものぐさではない太郎」の間のギャップについてはさまざまな解釈がありうるだろう。（佐竹昭広『下剋上の文学』、特に「怠惰と抵抗」参照のこと。）多田によれば、後半はすべて、太郎の空想だろうという。物語の初めに長々と太郎が住む豪邸の描写があり、しかしその直後に、「そういう家に住みたいと思うのはやまやまだがそういうわけにもいかず」と読者を笑わせる。それが空想上の家だったのと同様に、物語後半の一連の出来事は空想だった、というわけだ。

ここには、人間はものぐさにならなければ空想ができない、というおもしろい法則が表れているような気がする、と多田は言う。

「同時にそういう空想力をささえていた民衆がいて、こういうなまけ者こそ神はよみしたもうと感じていた。つまり、めったやたらに働くのではなく、とにかくすべてがめんどうだ、おれは休んでいたいんだ、という人物のほうをこそ……。」（「怠惰の思想」）

英語のインダストリーということばは同時に産業と勤勉を意味する。西洋ではいわば産業主義と勤勉思想の両者は切っても切れない縁だといえる。ちなみにキリスト教の伝統において、怠惰（sloth）は死に値する七つの大罪のひとつだ。

しかし、多田によれば、日本における勤勉思想の根はそれほど深くない。徳川時代の二宮尊徳をはじめとした日本の勤労道徳は権力者によって上から押しつけられた比較的新しい、一時的な思想にすぎない。怠惰の思想こそが昔から民衆のうちで育まれ永々と伝えられてきたものだ。懸命に働くことが理想なのではなく、働かないことこそがユートピアだという考え方が「物くさ太郎」や「三年寝太郎」を生み、育てたのだろう、と多田は考える。

多田は「怠惰の思想」の中で、こんな江戸小ばなしを紹介している。

年寄「いい若者がなんだ。起きて働いたらどうだ」
若者「働くとどうなるんですか」
年寄「働けばお金がもらえるじゃないか」
若者「お金がもらえるとどうなるんですか」
年寄「金持ちになれるじゃないか」
若者「金持ちになるとどうなるんですか」
年寄「金持ちになれば、寝て暮らせるじゃないか」
若者「はあ、もう寝て暮らしてます」

多田が指摘するように、この江戸時代の年寄と若者の会話は、そのまま、「北」の先進国のエリートと「南」のいわゆる発展途上国の庶民との間の、開発をめぐるやりとりに当てはめることができる。もちろん、「はあ、もう寝て暮らしてます」、とか「だからほっといてくれ」といった物くさ太郎的なふてぶてしい態度は、二〇世紀が終わりに近づくにつれ、ますます追い詰められ、息の根を止められようとしているかに見えた。しかしその同じ世紀末に、グローバル化という産業＝勤勉主義の一層の浸透に対する反抗（その象徴が〝シアトルの反乱〟）が世界のあちこちで見られ始めたのもまた事実だ。

三〇年前の多田のことばが深い意味を帯びてくる。世界中に西洋化と近代化の波が行き渡るのと並行して、「異質文明が、いわゆる秘境から湧出してくるというおもしろい現象も起きている」。そしてその異質文明によって先進国の文明の側が逆に感化され、文化ショックを引き起こす。多田は言う。

「このいわゆる低開発地からのショックの思想的な根源は、やはり遊ぶ思想ないしそのもとにある休む思想だと私は思う。それは……自分で処分できる自由を確保しておくという思想です。……だから、はだしで歩きたいときははだしで歩く。」（「怠惰の思想」）

『パパラギ』というすてきな本がある。二〇世紀初め、サモアのある島の酋長であるツイアビが初めて訪ねたヨーロッパについて、そしてパパラギ（ヨーロッパ人）について、島の同胞に語って聞かせた話を集めたものだという。

「腹いっぱい食べ、頭の上に屋根を持ち、村の広場で祭りを楽しむために、神さまは私たちに働けとおっしゃる。だがそれ以上になぜ働かねばならないのか。パパラギはこのことについて、正直に答えたこともなく、意見を聞かせてくれたこともない。」ツイアビのこの問いに正直に答えることは、確かに難しい。物くさ太郎の同様の問いにも、江戸小ばなしの若者の問いにも、我々パパラギ（「文明人」）はいまだに答えられないでいる。

多田によれば、これらは社会を根底的に問い直すことのできる問いだ。そして、社会変革とか革命とかを考える人は、もう一度そういった問いに立ち返った方がいい、と多田が言う時、彼は一九三〇年代初めのバートランド・ラッセルによく似ている。しかし、同時に、一九七〇年代初めの多田はラッセルよりさらに先へ歩み出て、二一世紀にまで持ち越されることになる近代主義的な科学技術信仰にも、同じ物くさ太郎の問いを投げかけていた。

新幹線が走る。海の底に、山の中にトンネルができる。川をせき止めてダムができる。農地を壊して空港ができる。しかしそれらはほんの始まりにすぎなかった。その後三〇年間に世界中のインダストリーは働きづめに働いて、とうとうオゾン層に穴を開け、地球を温暖化するまでになった。多田の言い方を借りれば、これもみな、「早く走ろうとか、この山がじゃまだとかいう、産業社会のなかにある貧弱な構想力の延長」だろう。それに対するのに小手先の対応、つまり排ガスの少ない車とか、海上につくる飛行場とか、リサイクルの徹底とか、ではかなわない。「産業社会の基礎にある構想力……そのものを疑う」のでなければならないのだ（「怠惰の思想」）。そしてそれを可能にするのが「むしろの上にのびのびと横になるのが好きだ」というナマケモノの思想である。

ブラブリズムのすすめ

ぼくらの生きるこの社会で「ブラブラ」という表現は否定的な意味を背負わされている。「ブラブラする」とは何か。要するにそれは「生産的でない」「効率的でない」状態のこと。そしてそのことによって当人の社会性に欠損が生じている、と判断されるのだ。その場合の社会とはある共通の目標や目的をもつと信じられている幻想の共同体だ。人々が、その目標へと向かうプロセスの中に参加しているのに、ある人がそこから逸脱している。人々が「頑張っている」時に、その人は「ブラブラしている」。けしからん、というわけだ。

同じゴールに向かって競い合うのが、競争というもの。それなしには健全な社会というものが成り立ちにくい、と我々はいつの間にか思い込まされているようだ。競争がないと、人は怠けるようになる。ブラブラしてしまう。するとその社会は発展をやめ停滞してしまう、そして堕落してしまう、というわけだ。

しかし、社会とはそもそも同質の人々が同じ目標に向かって競争的に生きる場所ではないはずだ。ぼくは競争をいちがいに否定するつもりはない。ただ競争原理こそ社会の基本原理だという思い込みに反対するのだ。そんな社会は、仮にあったとしても長続きするわけがない。第一、ラッセルや多田が言うように、本来人間の生きがいとは、生産性や効率性の観点から見れば無駄にしか見えないような時間にこそあったはずだ。

時間を「無駄に過ごす」ことにかけては幼い子どもたちにかなうものはない。そういう時間の過ごし方を遊びという。遊びは日常の現実生活の論理性から逸脱しているから、そして合目的性から自由であるから輝いている。「無駄」だからこそ充実している。思えば我々は誰もみな、遊ぶために生まれてきたのではなかったか。

ぼくたちは今ではもうめったにブラつかない。寄り道、回り道、遠道、脇道、横道。ぼくたちがかつてもっていたこれらの道はまっすぐではない。目的地へ向けての一本道ではない。目的地などない道もたくさんある。あったはずの目的がなくなったり、他のものに変わってしまうこともよくある。ひとつひとつの道が違い、同じ道も昨日と今日では違う。雨と晴れでは違うし、連れによって違うし、冬と夏では違うし、桜とツツジでは違う。

「道草を食う」。馬に乗ってみて初めてこのことばの意味が実感できる。辞書に「目的地に達する途中で無駄な時間を費やすこと」とある。馬に自分の目的を伝えようにも、文字どおり「馬の耳に念仏」。それにしても道草とは、いいことばだ。

むだ草や　汝も伸びる　日ものびる　(小林一茶)

もちろんそれはまだ道端に草というものがあった頃のこと。

目的地に達することだけのためなら、最短距離をできるだけ速く行くに越したことはない。歩くかわりに車、車のかわりに飛行機。しかし、そのために費やされる時間はどんなに短縮されても、無駄であることに変わりはない。費やしたくないのに費やしてしまう必要悪としての時間。「むだ草」(雑草)のことをフランス語で悪草《モヴェゼルブ》と言うように、無駄は悪であり、無駄な時間は悪時間。そう考えるのが手段から目的へと一直線に結ぶ近代的秩序の論理というものだろう。

だが、思えば、これは恐ろしいことだ。もし我々が常に、どこかに向かって、何かに向かって生きているという方向の感覚と「途上」の感覚に付きまとわれているとするなら、我々の生きる時間は、どれも悪時間だということになる。これではもちろん生き生きと生きることは難しい。

まず目的へと伸びるまっすぐな道を外れて寄り道したり、遠回りしたり、道草を食ったりすることを自分に許すことだ。車に乗るかわりに歩いていく贅沢を許そう。ブラつこう。そぞろ歩こう。

遊ぶ悦び、「途上」感から自由に今を生きる解放感、ただそこに居る快楽、を認める。それも第一義的なこととして。散歩《スロー・ウオーク》を、漫歩（万歩計の万歩ではない！）を、「油を売る」ことを、逍遥を、銀ブラを、取り戻す。それも単なる「余興」や「余暇」ではなく、人生の本義として。仕事、目的、競争、合理性、効率性といった人生の「大事」と、並び、拮抗し、補完し合い、浸透し合いさえする、人間存在の根源的なありようとして。それなしには、自分がもはや自分ではありえないような、人とも自然とも一緒に仲良く生きていくことさえできないような、本質的な時間の過ごし方として。

高貴なる疲れに身をまかせる

休むことを蔑《さげす》む者は、疲れを蔑む。休むことの喜びを知っている人は、疲れを敬う。疲れとは何か。マイケル・ルーニグという人がこう言っている。それは我々人間が感じることのできる最も自然《ナチュラル》で、力強く、高貴な感覚だ、と。それほど根源的《ラジカル》な感覚を長く無視し、抑圧し、否定し続ければどうなるか。おそらくは、良薬が使い方を誤れば猛毒となりうるように、我々にとんでもない破壊をもたらすことになるだろう。だが我々が住んでいるのは、そんな破壊に満ち満ちた世界ではないのか。とすれば我々が不幸せであるのも驚くに足らない。だから、君、猫のように丸くなって休みたまえ。高貴なる疲れに身をまかせなさい、と。

思えば我々現代日本人の多くはもうずいぶん長く高貴なる疲れを感じていないのではないか。心地よい疲れのかわりに、我々が手にしているのは過労。カミカゼとか、モーレツとか、サラリーマンとか、ジュクとか、カロウシとかはみなそのまま英語にもなった日本現代史の基本語彙だ。中でもカロウシは死に至る疲れ。否定され続けた末に毒と化して破壊をもたらす、それは怨霊のように悲しく切ない疲れだ。

過労の一方で、不眠が蔓延している。疲れと休みと眠りは互いにはぐれて迷子になっているみたいだ。「癒し」ということばが流行っている。疲れを癒すとは、おそらく、まず疲れを許し、解き放つことではないだろうか。やがて、疲れは休みや眠りのもとへと歩み、再びそれらと結ばれることだろう。

多忙や忙殺の「忙」は心が亡くなる、と書く。一方、「坐」という字ではふたりの人が土の上に乗る。「休」という字は人が木に寄り添う形をしている。大樹の木陰で安息の時を過ごす。その木を通して、大地と、そして空とつながる。休息とはそのように宇宙的な行為だと考えたい。

動物や植物が感じるように疲れ、それらが休むように休み、それらが眠るように眠る。この根源的な快楽に立ち戻ったところで、もう一度自分の欲望や欲求の棚卸しをやってみる。

その上で、またひとつひとつと積みたいものはゆっくり積み上げてゆく。

第七章　さまざまな時間

ふと見ると
雑草だらけのキャベツ畑の時間というものもある
……
緑が　ゆっくりとかたまる時間

（山尾三省「キャベツの時」より）

生きられる時間と物理的な時間は違う

ぼくたちは時間というものについて考えることが得意ではない。それは考えるものではなくて、ただあるもの。といってモノのようにあるのではなく流れている。といって川のように流れているわけでもない。フーム。たいがいそこで思考は投げ出されてしまう。時間といえば、時計。時間とは何かといわれてもよくわからないけれど、時計というものがそれを計れる、ということは幼児でもなければ誰でも知っている。もうゼンマイ仕掛けの古時計やあのコチコチと動く振り子を思い浮かべる人は少なくなったが、刻々と進む秒針、あれが時間。ああして「刻まれているもの」、それが時間。

時間は一様だ、ということになっている。ぼくたちが寝ている時も、出勤前のあわただしい時も、しとしと雨の午後も、時は時。時計は表情ひとつ変えず、秒針は容赦なく同じリズムを刻む。隣町でも、隣の国でも、海の向こうでも、一秒は一秒、一分は一分。しかし、このことはぼくたちの感じ方と必ずしも合致しない。退屈な日曜の午後と忙しい月曜の朝では一分が同じ一分だなんて、納得できない。そう感じる。南国の海岸で風に吹かれている時間と東京のラッシュアワーの群集にもまれている時間。その間に横たわっているそれこそ気の遠くなるような時間。江戸時代の時間と現代の時間。子どもの時間と老人の時間。男の時間と女の時間。

ミヒャエル・エンデの『モモ』にこんな一節があった。

「その時間にどんなことがあったかによって、わずか一時間でも永遠の長さに感じられることもあれば、ぎゃくにほんの一瞬と思えることもある……。なぜなら、時間とはすなわち生活だからです。」

科学史家の赤木昭夫によると、最初に時が「刻まれた」（時が刻まれるものになった）のは、ヨーロッパ中世の終わり頃のこと。誰が刻んだのかというと、修道院の坊さんだったという。祈りの時間、食事の時間、労働の時間、と刻み始め、時計をそのために使った。最初は教会内部で刻まれた時間が、塔の上につけられた時計として、それに合わせてつかれる鐘の音として、外部である町全体にもたらされる。すると町民たちもそれに合わせて仕事を始めたり、終えたりする。祈りの時間割りが労働の時間割りに翻訳されたわけだ。

時間の刻みで労働を計ることができるようになると、ものを交換する際に、これだけの手間ひま（労働時間）がかかったからというふうに、時間が商品の価値の基準になっていく。時は鐘なり。そして金なり。

時の経過が一定でないと時計は成り立たない。時間とはある瞬間と瞬間の間、点と点の間、つまり期間であって、その期間としての時間はどこでも同じ基準で計ることができるような均質のものでなければならない。これを物理法則として記述したのがニュートンで、「時間と空間は宇宙のどこにおいてもいつも一様で均質」、というのが彼を祖とする近代物理学の前提となった。

思えばこれは大変な出来事、歴史の一大転換点だ。均質な「時」だなんて、ぼくたちが感じ、体験している「時」とはずいぶん異質なはずなのに。「生きられた時」は物理的な時間とは別の次元に属するものだと思える。それをみな時計の刻む機械的なリズムのもとに従わせてしまうなんて。

「自然農法」で知られる福岡正信は故郷の愛媛の昔を回想して次のように言う。

「時計といえば村長さんがひとり胸に懐中時計をぶら下げ、小学校で柱時計を見たのが初めてだった。むらに乗合馬車がラッパを鳴らして走り出した時から、時間という単位を村人は知った。」（「藁の家によせる」）

それまでは「腹時計」で十分だったのに、学校教育の中で一時間間隔の時を知り、時刻表や日課表を身につけていく。

「その頃から、勉強時間、仕事の時間、遊びの時間と区別し、時間《こころ》と空間《もの》は別物として扱われ、時空が分離し始めて、次には人と仕事と自然もバラバラになってきた。」

地域や文化によって時間は異なる

ぼくたちが生きているのは「時は金なり」の時代だ。時間が世界中一様であることになって久しいが、金もその後を追いかけて、ますます均質になりつつある。時間のグローバル化と貨幣のグローバル化。それに対して最近世界のあちこちで地域通貨が注目され、さまざまな実験が始まっている。地域だけに通用するそれぞれ独自のお金があって、それが小規模な経済圏を形成する。なにも近所の農家が育てたキュウリや町のパン屋が焼いたパンを売り買いするのに、国際通貨に依存する必要はないはず。つまり金は多様でいいわけだ。

時間もこれと似て本来地域ごとに異なり、多様であったはずだ。人々は地域独自の生活サイクルをもち、定期市や祭礼や儀式などによって隈どられ彩られた時間を生きた。そこには地域生態系の成員だけが分けもつ季節の感覚、潮の満ち引きのリズム、花鳥風月の織りなす時の流れがあっただろう。

ベンガル湾アンダマン諸島の森に住む人々には「香りのカレンダー」があって、花々や木々の匂いによって時を表したのだそうだ。北米のナヴァホ民族の神話によると、この世の最初の人間が砂の上に図を描いてカレンダーをつくったのだという。これによると季節は大きく夏と冬に分けられ、各月は特徴的な出来事によって区別され名付けられていた。例えば現在我々が使っている太陽暦の一一月にあたるのは「すらっと痩せた風の月」、一月は「凍った雪の面《おも》の月」、四月は「柔らかく繊細な葉の月」。そしてそれぞれの月には、それを特徴づける「こころ」があり、さらに吉兆を示す「柔らかな羽」なるものがあるとされた。例えば「凍った雪の面の月」の「こころ」は氷、「柔らかな羽」は明けの明星。「大きな葉の月」の「こころ」は風、「柔らかな羽」は雨だ。

こうしたローカル・タイムの多様なあり方を紹介した上で、ジェイ・グリフィスは言う。これに対して我々西洋人の時間はどうだ。時刻は例えば11時42分35秒、年月日は30/03/2000という具合に示される。ここにあるのはただの数字の羅列。「時」をとりまいていたはずの感覚や感性をすっかり排除した終わりなき数字の行進。そこには「こころ」もなければ、「柔らかな羽」もない。

アイヌ民族の刺繡家チカップ美恵子が毎年自作のカレンダーを送ってくれる。写真は北海道の自然の風景の中に、彼女が丹精込めてつくったアイヌ紋様刺繡を置いて撮ったもの。このカレンダーの楽しみは各月を表すアイヌ語とそれについての解説がついていることだ。一月のク・エカイ・チュプということばに込められた意味は、「(寒気甚だ強く)しかけた弓さえ折れくだける月」。同様に二月は「(激流は凍結しないものだが)この月ばかりは激流も凍結する」。八月は「(長い越冬準備に)女も子どもも大わらわに働く月」。時がこれだけの意味を孕んでいる。そして、こんなに豊かな時がことばの中に織り込まれて人から人へ、世代から世代へと伝えられていく。

合州国とカナダの国境地帯に住むブラックフット民族を訪ねていた時のこと。居留地の中のギフト・ショップのさまざまな「インディアン・グッズ」の中に、ちょっと変わった趣向のものがあって目を引いた。それは奇妙な時計で、長針と短針はちゃんと動いているようだが、数字があっちこっちでたらめにちらばっている。左側に3があったり、12が下だったり。おまけに字体も字のサイズもバラバラ。この時計の名前は「インディアン・タイム」。

インディアン・タイム。それは、先住民の間で刻まれる時間がいつも北米社会の標準時間より遅れていることを、先住民たち自身が半ば自嘲的に表現することばだ。先住民族を訪ねると、ハイダ民族にはハイダ・タイム、ホピ民族にはホピ・タイム、アイヌ民族にはアイヌ時間があって、約束の時間を一時間くらい遅れることがむしろ普通だという緩やかさがある。でもこれは先住民族に限ったことではなく、いわゆる「南」の国々を旅する者は誰もが経験することだ。メキシコにはメキシコ時間、エクアドルにはエクアドル時間というわゆるラテン・タイムがある。同じメキシコでも、地方には首都よりいつも遅れているローカル・タイムというものがある。

白人社会は長い間インディアンを「レイジー・アンド・ダム・インディアンズ」、つまり怠け者で間抜けのインディアン、と呼んで蔑んできた。中南米の人々がヨーロッパ人や北米人に「ぐずでのろま」と呼ばれ、何でも「マニャーナ（明日）」に先送りしてしまう「ずぼらな」性格を嘲笑されてきたのと、よく似ている。そういえばかつて合州国の黒人奴隷たちへの偏見も「お人好しで、のろまで、まぬけ」といった内容だった。そうしてみるとインディアン・タイムということばの中には、バカにされてきた者たちが逆にバカにしてきた者たちに向けるしたたかな薄笑いのようなものが感じとれる。自分たちに押しつけられた侮辱的なステレオタイプである「遅さ」や「のろさ」を表面的に受け入れながら、それを逆手にとって、主流社会における機械的で融通のきかない時間の感覚を揶揄《やゆ》している、とぼくには思える。

そういえばこんなこともある。ぼくが環境活動に参加している南米でも、最近インターネットの普及が目覚ましいのだが、ぼくと現地の知人や友人たちとのやりとりにはいまだに二、三週間かかることが多い。はじめはイライラさせられたが、ある時ふと気づいた。インターネットという新しい技術が導入されるや、我々日本人は生活のペースを必死にそのスピードに合致させようとしてきたわけだが、南米の彼らは郵便が主たるコミュニケーションであったひと昔前のペースをこころもち速める程度ですませている。そして「マニャーナ」の精神を発揮しながら、ゆっくり時間をかけて新しい技術に自分たちを適応させていこうとしているようなのだ。

動物の時間、神話的時間、体内時間

宇宙の万物をひとしなみに駆り立てていく、均質な時間。こうしたニュートン力学的な時間観とは別のもうひとつの見方を動物生理学が教えている。ゾウにはゾウの時間、イヌにはイヌの時間、ネズミにはネズミの時間というふうに、それぞれのからだのサイズに応じて違う生理的時間がある。つまり同じ世界の中にいくつもの時間軸が並んでいる、というのだ。

本川達雄の説明に耳を傾けてみよう。（以下『ゾウの時間 ネズミの時間』による。）動物の心拍数を比べると、人間の場合は一回約一秒だが、ハツカネズミでは一回にわずか〇・一秒、ゾウでは三秒かかる。からだが大きいほど心臓はゆっくりと打つ。哺乳類では心拍の時間は体重の四分の一乗に比例する（体重が一〇倍になれば時間は約二倍かかる）という。

拍動の時間ばかりでなく腸の蠕動《ぜんどう》する時間とか血液が体内を循環する時間とかも体重の四分の一乗におおよそ比例する。それればかりではない。成獣の大きさに達する時間から、赤ん坊が母親の胎内にいる時間、そして寿命という「時間」まで、ほぼ同じ関係が成り立つ。こうなるともっと一般化して「動物の時間は体重の四分の一乗に比例する」と言ってもよさそうだ。

ところで動物のサイズとそのエネルギー消費の関係はどうかというと、エネルギー消費量は体重の四分の一乗に反比例するそうだ。体重に対して同じ四分の一乗だが、時間が正比例でエネルギー消費の方が反比例。だからこれら二つをかけ合わせれば、体重によらず一定な時間ごとのエネルギー消費量が得られるはずだ。実際に計算してみると、哺乳類では心臓が一回打つ間に消費されるエネルギー量は体重に関係なく一キログラムあたり〇・七三八ジュールで、一生の間の総エネルギー使用量は、一五億ジュールで一定だという。つまり、こういうことだ。

「寿命はサイズによって大きく変わる。ところが一生に使うエネルギー量は、体重一キログラムあたりにすると、寿命の長さによらず一定である。」

いろいろな時間があり、たくさんの時間軸がある。

それぞれの人生にはやはり一様ではない時が流れており、時には淀み、時には急流のように速まる。幼児と若者と老人に同じ時間が流れているわけがないのだ。鶴見俊輔は「神話的時間」についてこう言っている。

「自分の死を前にする時、神話的時間は戻ってくる。自分の親しい人の死に会う時にも。零歳の子どもに話し掛けるとき零歳の子どもが自分に向かって話し掛けるとき、その中に我々は神話的時間を生きることができる。」（『神話的時間』）

男の時間と女の時間が同じであるはずもない。生理的な時間の違いを度外視したとしても、なお男と女の文化時間の差が残る。幼い子どもや病人や高齢者とつき合うことの多い女性は神話的時間を生きる機会に恵まれている。鶴見によれば、男性は、その機会から「外されている」。

「外されていることが、どれほど重大な欠陥かということに気が付くところまで、男の文化は……育っていない。それは、成熟していない……」

体内時計ということばがある。作家の布施英利によると脳の時間とは別に内臓の時間というものがあるという。例えば子宮の体内時計は二九日ごとに一周する。腸にも独自の時間があって、空腹を知らせる信号をやりすごしたままにしておくと空腹感がなくなってしまうのは、腸が自分の時計で「食事は終わり」ということにしてしまったからではないか、と布施は言う。

「身体の中にはいろいろな体内時計があって、その時計は元は海辺で暮らしていたころの、まさに五大（地、水、火、風、空）の響きのリズムの名残なのかもしれません。それが近代的につくられた時間に対抗する形で私たちの中に残っていて、人工の時間とは別な動き方をしている。」（「自然の時間・人工の時間」）

海辺で暮らしていた頃とはいつのことか。これにはちょっと説明が要る。布施は自分の師である三木成夫（解剖学、生命形態学）の身体観を紹介している。それによると人間の身体は植物的な要素と動物的な要素からなる。前者は栄養をとって消化して出す働きをし、後者は筋肉や手といった動くためのものとそれを動かすための脳が中心だ。こころはどこにあるのかという古来の問題があるが、三木によればこころは単に脳にあるだけでなく内臓にもある。

布施は言う。生命進化の三五億年の歴史をたどると、最初の三〇億年間、生物はほとんどチューブだけの状態で海辺に暮らしていた。海辺とは、潮の干満、昼夜、四季といった宇宙のリズムに満ちた「いちばん宇宙に近い」ところ。

「そこで三十億年間もチューブの状態で暮らしていれば、それに即した仕組み……がそこに埋め込まれていて当然で、それが恐らく腸を中心とした内臓に残っているんだと思います」。そうした植物的な要素を無視して脳を中心とする動物的要素で社会をつくり出してきたのが近代の歴史だった。そして内なる自然としての内臓とそれに固有のリズムや時間は見失われていった、というわけだ。

エネルギー消費の増大が時間を加速する

ここでもう一度、本川達雄の生物学に戻ってみよう。（以下、主に「時間の見方、変える時」による。）動物においてはエネルギーを使えば使うほど時間が速く進む。つまりネズミではエネルギーをたくさん使い、時間が速い。一方ゾウでは時間はゆっくり進む。では人間の場合はどうなっているのだろう。本川によれば、我々現代人はますます莫大なエネルギーを消費して時間の速度を速めているのだ。もちろん、動物の生理における時間やエネルギー消費を単純に人間の社会生活におけるそれに当てはめるわけにはいくまい。しかしそれでも、社会生活での時間が速まっているというのは多くの人々が実感していることでもあり、それが社会的なエネルギー消費の増大とどう関わっているかを測るのは、「実用に足る考え方」だと、本川は考える。

自動車、飛行機、コンピューター、インターネット、携帯電話、どれもものごとを速く処理するために発明された。こうした機器やシステムは明らかに現代人の暮らしのペースを加速させた。いうまでもなくそれらをつくり、動かすのには莫大なエネルギーが必要だ。つまり我々はエネルギーを使って時間を速めているのだ。本川は言う。

「エネルギーを使って時間を速めて金を得る」、つまり、エネルギーから時間へ、時間から金へという変換を行うのがビジネスだ、と。ビジネス（busy-ness）とは本来「忙しいこと」。忙しいというのは時間が速まった状態のことだ。ここにビジネスというものの本質が見えている。エネルギー消費の増大が資源の枯渇や地球温暖化などの環境問題を引き起こすまでになったことを見れば、「エネルギー─時間─金」という錬金術としてのビジネスがもっている限界は明らかだと思われる。しかし、今そのことはおいて、本川が言うところをもう少し聞いてみよう。

現代日本人はヒトという動物が生きていくのに必要な量つまり、食物として摂取するエネルギー量の約四〇倍ものエネルギーを消費している。もし生理的な時間のように社会生活の時間もエネルギー消費量に比例して速くなるものとすれば、我々は昔の四〇倍も速く生活していることになる。

「ところが体の時間は変わっていない。心臓は昔ながらのペースで打っている。……こんなに速くなった生活のペースに、はたして体が無理なくついていけるものだろうか。」

　本川は、こうした「体の時間」と「社会の時間」の間に生じた巨大なギャップにこそ、現代における危機の本質が表れていると考える。

　ぼくたちは時間について考えるのが不得意だと、ぼくは本章の初めに述べた。それはぼくたちが、均質で普遍だという近代的な時間観に首根っこを押さえられていて、他のさまざまな時間のありように思いを馳せることができなくなっているからではないか。時間は確かになければ困る大切なものではあるけれど、それについていちいち考えたりしない。それはちょうど生存に不可欠なはずの水や空気についていちいち考えたりしないのと似ている。しかし、本川が言うように、時間もまた重要な環境要因である。

「環境問題を考える際にも、やはり時間の問題に注意しなければならないだろう。われわれをとりまく環境には、多くの動物たちがそれぞれの時間をもちつつ関わっているのだから。」

　ぼくたちのますますファストな社会生活は、ますます水や空気を汚し、オゾン層に穴を開け、地球温暖化を加速させ、生態系を破壊している。だがそれだけではない。外なる自然環境の悪化を語るまでもなく、昔ながらのスローな時間を生きようとする内なる身体的な自分もまた、加速する社会的時間に押しつぶされ、窒息しそうなのだ。スロー・イズ・ビューティフル、それは他人事ではない。

忘れられない味に出会ったのはチチカカ湖に浮かぶアマンタニ島。水道も電気もない、星のきれいなその島で、ある民家に泊まった日の夕食だ。……日が暮れかける頃、船乗りのお父さんがジャガイモをかついで帰ってくる。土のついた小さなパパス。待ってましたとばかりにお母さんがかまどに火をいれ、夕食の支度を始める。あたりはちょうど暗くなり、調理の火の周りに子どもたちが集まってくる。ケチュア語で家族の会話が始まる。学校の話とか船の話なのだろう、ひとりひとりの一日の時間をシェアするのだ。(考えてみれば、こんなに情報が溢れている時代に、私は自分の家族が過ごした時間をほとんど知らないなあ。)親子の会話。夫婦の会話。……私には何を話しているのか見当がつかない。それにおなかもペッコペッコ。レストランならもうとっくに料理が出て食べ終わる時間だ。暖かい家族の団欒に感動しながらも、だんだんイライラしてくる。そんな「私の時間」は、古代文明の栄えた広い湖の上で、本当にちっぽけで、無力で、根拠がない。……やっと出てきたのはじっくり煮込んだジャガイモやニンジンや雑穀のスープ。いびつな素焼きの器に入っている。家族の時間までが溶け込んだ、とても暖かい味のスープ。……一ヶ月間、一度も日本に帰りたいなんて思ったことはなかったけれど、その時ばかりは家族の顔が思い浮かんだ。食卓、それは多くの物語でできている。

（藤岡亜美「アマンタニ島のスローフード」より）

第八章　ぼくたちはなぜ頑張らなくてはいけないのか？

青くなってしりごみなさい。
逃げなさい、隠れなさい。
死んで神様と言われるよりも
生きてバカだと言われましょうよね。
きれいごと、並べられた時も
この命を捨てないようにね。

（加川良「教訓1」より）

競争の時代とオリンピック

ぼくの友人がいつも言う。「障害者はなんで頑張らなくちゃいけないの」、と。脳性マヒの彼は、自分のことをウチュウジンと呼んでいる。宇宙塵。自分は宇宙のゴミ、つまりれっきとした人間だよ、という彼ならではのポエム。

彼はオリンピックが嫌いだと言う。そして、そこに「金魚のフンのようにくっついている」パラリンピックは特に嫌だ、と。「より速く、より高く、より遠く」。国旗を振って、「頑張れ」の大合唱。普段から、健常者たちに「頑張って」と言われるのが嫌いな宇宙塵には、二年に一度めぐってくるこの「頑張り」の季節は一層不愉快だ。

まず国対抗であるところが気に食わない。どうしても軍国主義と重なってしまう、と宇宙塵は言う。「君が代」と「日の丸」をなりふり構わず押し通そうとする「愛国者」にとって、確かに国対抗のスポーツはありがたい。強制しなくても人々はすすんで日の丸を振り、君が代を歌ってくれる。第二に、「障害」の有無によってオリンピックとパラリンピックを分けるところが気に入らない。宇宙塵には、健常者と障害者が入り混じって格闘するプロレスの方が、ずっとおもしろい。そして第三に、「障害者のオリンピック」というけれど、実際出場者のほとんどは、「生まれつき」ではない、いわゆる「中途障害者」であって、宇宙塵に言わせるなら、パラリンピックとはいまだに健常者社会の競争主義的な価値観をもち続けている人々による競技会なのだ。

それにしても、たまにやってくるはずのオリンピック、万博、サミット、ワールドカップなど、国をあげて頑張るイベントというのは、全部合わせるとしょっちゅうあるものだ。大阪ではオリンピック招致で大騒ぎ。愛知では万博の準備で大わらわ。ぼくが住む町の駅でも今、電光掲示板で、「ワールドカップまであと何日」とやっている。「地元開催を成功させよう!」

毎度のことにもうそろそろ人々も飽き飽きしてこないものだろうか。カンフル剤的な経済効果を狙うのは、大型公共事業依存症の患者には朝飯前だろう。でもそれだけではなさそうだ。自分の住む町に、「あと何日」という表示が出るのがぼくにはとても不快だ。それは、ミヒャエル・エンデの『モモ』の灰色の男たちが、町に持ち込んで以来すっかり人々の心を変えてしまったという時計みたいなもの。それは、われわれが「みな同じゴールへ向かって直線的に進んでいる」という幻想をつくり出そうとする一種の「時計」。普通の時計が、リニアで均質で共通な時を刻むもの、というのもひとつの幻想だといえるが、「あと何日」にはさらに「共通のゴール」という物語がつけ加わっている。そこへと向かって生きることが、まるで共同体の一員である条件だとでもいうように、つまりそこからの脱落には孤立という罰が待ち構えているとでもいうように、「あと何日」はぼくを縛ろうとする。ぼくにはそう感じられる。

一九六四年のオリンピックを思い出す。それは少年だったぼくにとって忘れがたい強烈な経験だ。大げさと言われるだろうが、ぼくより上の世代の戦争体験にも似ているとぼくは勝手に思っている。

その日に間に合うように購入したカラーテレビで開会式を見ようと、近所の人々が我が家にやってきていた。興奮に少し上ずったアナウンサーの声。アジアの、ニッポンの、東京の空の下に初めてひるがえる五輪旗。終戦の年に広島に生まれ、戦後逞しく成長し、すらりと伸びた長い足をもつに至った最終聖火ランナー。戦争の象徴から平和の象徴へと変身した天皇の開会宣言。乱れ飛ぶハト。

それはよくできた物語だったといえる。近所の人々は泣いていた。ぼくの心も高ぶっていた。今思えば恐らくそれはこういうことだったろう。ぼくたちはみな一体感を感じていたのだ。共にひとつのストーリーを生きているという一体感。廃墟の街は繁栄の都に生まれ変わり、貧しさは豊かさへと、破壊的な戦争は平和的な競争へと変換される。それは「奇蹟」の物語。奇蹟の復興、奇蹟の経済成長。この物語に心酔したのが日本人ばかりでなかったことをぼくは後に知る。世界中をおおいつくそうとする「成長」と「開発」のイデオロギーが、東京オリンピックに格好の寓話を見出していた。今よりも明日は、来年は、次世代は、そして未来は、よりよいものになると、人々は信じることができた。だから頑張ろう、きみもぼくも。

『五体不満足』――健常者の望む障害者像

宇宙塵はしょっちゅう人から「頑張れ」と言われる。ゴミを出しに行く時さえ、近所の人に「頑張ってね」、と。おかしくてしかたがないというふうにからだを大きく揺すって笑いながら宇宙塵は言う。「ゴミがゴミを捨てに行くんだから、ね」。ある時誰かが別れ際に、つい「頑張ってね」と言った。そう言われた宇宙塵はやはりクッ、クッと笑いながら（それにしても彼は本当によく笑う）「ガン・バラ・ナイ・ヨ」。

『五体不満足』という本がベスト・セラーになり、著者の乙武洋匡《おとたけひろただ》がメディアで活躍し始めてから、暮らしにくくなった、と宇宙塵は不満そうに言う。「あんたも出歩く時は乙武さんみたいに、少しパリッとした格好しなくちゃね」とか、「乙武クンのようにネクタイでもしたら」とかと言われるようになった。以前にはなかったことだそうだ。概して、障害者に向けての「頑張れ」という声は、以前より一層声高になったのではないか、と宇宙塵は感じ、それを危惧している。

「ぼくは乙武に腹をたてているんじゃない、乙武をああいう形でもち上げるメディアに対して怒っているんだ」と彼は言う。それにしても『五体不満足』の大ヒットは何を意味しているのだろう。「ルックスがいい」こと、言語障害がないこと、などがまず乙武ブームの背景にあるだろう、と宇宙塵。そして、養護学校に行かずに普通教育を受けたこと、そういうことを可能にした親や教師に恵まれたこと。これらもまた乙武と他の大部分の障害者とを隔てる大きな違いといえるだろう、と。

ここで少し『五体不満足』をおさらいしてみよう。主人公乙武少年は頑張り屋で負けず嫌いだ。手も足もない障害者であることを「言い訳にしない」という信念をもって、彼はスポーツ競技に、文化祭に、生徒会役員選挙に、恋愛に、入学試験にと挑戦してゆく。水泳記録会でのこと。少年は特製のスーパービート板に乗って観衆の応援の中、みごとに二五メートルを泳ぎきる。

「〔先生は〕「その身体で、よくそれだけのことをやった」とボクを抱き上げたい気持ちを抑え、大声で怒鳴っていた。

「1分57秒？　いつもよりぜんぜん遅いじゃないか」

だが、その言葉の裏には、心からの祝福の気持ちが込められていた。

「おめでとう。オマエを特別視することのない、本当の仲間を得ることができたんだ」」

中学二年の時の生徒会役員選挙でのこと。

「ボクは燃えた。……入学してからここまで3期連続で文化実行委員を務めてきた自負がある。成績目当てで立候補した［という噂がある］ヤツなんかに負けるわけにはいかない。……激しい選挙活動が功を奏し（!?）、結果は大勝だった。……それにしても、この中学校も恐いもの知らず。車椅子に乗る障害者をバスケ部に入れただけでなく、今度は生徒会役員にしてしまった。」

アメリカ西海岸への旅で大学生の乙武は、アメリカ人の障害者がおしゃれだということに強い印象を受けたという。日本ではおしゃれを楽しむ障害者が少なすぎる。普段からおしゃれをしないでジャージーで過ごしているようでは一般の目に「かわいそう」だと映ってしまう、と彼は心配する。「カッコイイ障害者」であれば「かわいそう」とは思われないだろうに。

「本人がよければ、それでいいではないかという意見も、たしかにあるだろう。しかし、世間に対する障害者のイメージを変えるためにも、そして自分自身の生活を張りのあるものにするためにも、「もっともっと、オシャレを楽しもうよ」と言いたい。」

こんなふうに著者の乙武は次々に「心のバリア」を越えて成長してゆく。そしてしまいには自分の障害を単なる「身体的特徴」と感じるまでになる。『五体不満足』の終わりの方で彼はこう言い切っている。「単なる身体的特徴を理由に、あれこれと思い悩む必要はないのだ」。そして最後にヘレン・ケラーのことば。「障害は不便である。しかし、不幸ではない」。

さて、乙武ブームが続いている一九九九年の秋、宇宙塵が出たばかりという一冊の本を推薦してくれた。「史上初の身障芸人」を自称するホーキング青山の『笑え！五体不満足』だ。著者の青山によると、これまでの障害者による本はどれも「自分は障害を持ちながらも、こんなに立派に生きてきました！」という感じで、もし同じものを健常者が書いていたら誰も興味を抱かないような、「身障だから出せた」という類の本だったという。その点では『五体不満足』も例外ではない、と。さらに『五体不満足』ブームについて序文の中でこう言っている。

「……以来、みんな急に〝身障理解者〟になってしまった。「『五体不満足』を読んで、障害者の方も私たちとまったく同じ、普通の人間だということがわかりました」なんてバカな感想を聞いてると、じゃあそれまで、一体オマエは身障を何だと思ってたんだよ？　などと、言ってやりたくなる。」

「そんなくだらない身障本が横行している」今、自分こそは本物の身障本を書き上げたのだと、青山はプロレスラー風に見得をきってみせる。そして自分の本の内容を次のように要約する。

「『かわいそう』だの『立派』だのという、世間の偏見に苦しむ身障の本当の姿を露にすること……。『バリアフリー社会』に向おうとしているわが国に、『身障のために情けなんて掛けたって何にも返ってきやしないよ！』という警鐘を鳴らし……。」

『五体不満足』についての宇宙塵の不満もここにある。ホーキング青山が指摘するように『五体不満足』は「障害を頑張って乗り越えた男」の話になってしまっている。いくら著者の乙武が「障害は単なる身体的特徴にすぎない」と言っても、彼の本は全体としてそのことばを裏切っている。それは、宇宙塵が言うように、乙武がメディアに「乗せられた」ということだったかもしれない。メディアにとって『五体不満足』はあくまで「頑張り」の物語であり、障害者が健常者の社会の中に自らの場所を獲得してゆくサクセス・ストーリーに仕上がっている。おしゃれで、スポーツ好きで、負けず嫌いで、競争心に富んでいる主人公こそこのストーリーにふさわしいヒーローだったということだろう。

それにしても『五体不満足』は誰の予想や思惑をも超えて、多くの読者をつかんだ。宇宙塵によれば、それは主人公が健常者の望む「障害者像」にピタリとはまった、ということを意味している。ぼくは健常者の読者のひとりとして想像してみるのだ。読者である健常者たちはこの本によってある種の大きな慰めを受けたのではないか。今流行のことばでいえば、「癒された」のだ。

「頑張る」ということばは戦争を連想させる

ぼくたちは健常者にも障害者にも、自分自身に対しても、「頑張れ」と言い、「頑張ろう」と言う。それも非常に頻繁に。（このことばを西洋語に訳すのが容易ではないところをみると、そこにはアジア、あるいは日本の文化的、社会的特性が関係しているかもしれない。しかし、それはここでは問わないことにしよう。）同じ「頑張れ」でも、障害者に向けられる「頑張れ」が一層頻繁に、そして一層熱っぽく、力を込めて、声高に言われることはいわゆる健常者たる我々にも容易に想像できる。それはなぜだろう。

一般に「頑張る」ということばは、競争を前提にしている。「頑張って」は「負けないで」と、ほぼ同義といえるだろう。ぼくたちはいつの間にか人生を一種の競争に見立てているのではないだろうか。競争とは何か。それは一定の目的《ゴール》に向かって勝敗や優劣を競い合うこと。

人生のゴールが何であれ、我々は人生という名のレースを走る。「頑張れ」は、共に同じレースを走る者同士の挨拶であり、励ましであり、牽制だ。

しかし、健常者が障害者に「頑張れ」と言う時、そこには同情とともにかすかな罪の意識が潜んでいるのではないか。なぜなら、「このレースは障害者にとってフェアではない」という認識があるから。しかし、そう思いながらも健常者はこう言うしかない、と感じる。「このレースはフェアではないが、しかしそれでも君はレースを続けるしかない。なぜならそれ以外には生きがいのある人生はないだろうから」

だから健常者は、脱落もせずにレースに居残りつづける障害者や、不利をものともしない障害者を賞賛せずにはいられない。心のどこかにわだかまっていた罪の意識も、「頑張って障害を克服した」人々を前にして、一瞬解消するように感じられる。そして、そうした人々の存在に励まされ、あるいは叱咤されるように、「自分もまた彼らに負けぬように頑張って人生というレースを続けていこう」と思う。なぜなら「それ以外には生きがいのある人生はないだろうから」。

「頑張る」ということばは戦争を連想させる、と宇宙塵は言う。確かに、社会が戦争（そしてオリンピック？）している時ほど、人々が「共通のゴール」に向かって生きているのを実感できることはないかもしれない。「国家総動員」のそんな時、障害者はまっ先に「足手まとい」として抹殺されるだろう、と彼は危惧する。近代史でもナチスがやっている。しかも、優生思想なら、この平和ニッポンでさえ刻々と強まっているのではないか。あるエッセイの中で宇宙塵はこう書いていた。「これからは役に立つ障がい者と役に立たない障がい者とにはっきり区別される社会状況になっていくと思う。」さらに彼の次のようなことばを誰が杞憂だと言ってすませることができるだろう？

「僕が臓器移植をやめてほしい理由のひとつに、障がい児／者の臓器を狙ってくる［という］危機感がある……。役に立たない障がい児／者にとって唯一、人のためになるのは臓器提供だけだということになりかねない。」

ぼくはナマケモノでいたいんだ、と宇宙塵は言う。好きなように生きたいんだ。着てるものはボロでもいいんだよ。だから放っておいてくれ。ただし、「怠ける」というのは、自分に対してではなく、社会に対して、なのだ、と。自分には自分のペースがあり、基準があり、それに従って自分なりに生きている。しかし、健常者社会が自分に押しつけてくるペースには従わない。抵抗する。それがナマケモノでいるということ。

社会は加速する。同じ矢印の方向へ向かって、人々は先を争うように進んでいく。速さを競う社会は障害者にとって住みやすい社会ではない。宇宙塵はぼくに言った。

「ぼくには生きにくいんだよ、今の世の中。でも健全者にも生きにくくなっているんじゃないかな、ますます。いや、健全者の方がもっと生きにくいかもしれないよ、もしかすると。ぼくのようなナマケモノを見て、健全者が自分自身の生きにくさに気づいてくれたらいい」

こんな言い方をする宇宙塵に、反発を感じる健常者は多い。「あいつは我々が頑張って働いているおかげで生きていられる」とか、「福祉に対して感謝くらいしたらどうだ」とか。障害者に対するこういう反発が社会に広く深く根を張っていることを、もちろん宇宙塵は十分承知している。だからこそ彼はあえて言う、生活保護はいただいているのではなく、奪い取っているのだ、と。

権利ということばは使いたくない。そんなことばが発明される前からある、当たり前のことが見えなくなるから。誰でも生きられるというただそれだけの当たり前のことが。

障害者の中には、福祉を受けることに対して恥であるという感情をもつ人が多い。健常者の「おかげ」で生きている、いや生かしてもらっているという負い目。

「生きることに、なぜ負い目を感じる必要がある？　誰でも生きられる、障害者でも生きられる、それが当たり前でしょ」

しかしそれが当たり前ではなくなっている社会が異常なのではないか。障害者が「ありがとう」とか「すみません」とか言いながらペコペコして生きる社会は、はたして健常者にとって生きやすい社会なのだろうか。そう宇宙塵の生き方が問うている。

「ぼくは当たり前に生きたいだけ。だからぼくはガン・バラ・ナイ・ヨ」

それにしても「障害」とは、風通しの悪い、窮屈で厄介なことばだ。障害、障碍、障がい、ショウガイ。「健常」も「健全」も思えば奇妙なことばだ。

著述家で、脳性マヒによる四肢機能障害をもつ松兼功は、ある時鼻の先でワープロのキーを「ショウガイ」と打って、変換キーを押してみたという。そこに現れたいくつもの単語に触発されて、彼は詩をつくった。その最後の一連。

ショウガイに　ショウガイがあふれて
ときには　わずらわしいけど
ショウガイ　ひとに
喜怒哀楽する

ショウガイ　ノ　チカラ

ここでは、「ショウガイ」が「障害」ということばの罠から一瞬解き放たれて、楽しげなエネルギーを帯びて、踊る。

やはり著述家で、重複障害の娘をもつ最首悟は、障害ということばを「さしさわり」ということばにおき直してみせる。すると、確かにそこに風が通い始める。健常者も身障者もみな差し障りのある人々。誰もが差し障りだらけの人生を生きている。しかし、最首が指摘するように、そうした差し障りに対してぼくたちの社会はますます不寛容で短気になっているのではないか。人間にはつきものであるはずの「些細なミス」が許されない、「ゴロッと横になりたい気分」のやり場がない、「のんべんだらりとした時間」を過ごす余地がない、そんな窮屈な社会へと我々は向かっているのではないか。そうして「差し障り」を「障害者」だけに背負いこませたふりをする。塵をカーペットの下に掃き入れて見えなくしてしまうように。かくてぼくたちは「健常者」、つまり「差し障りのない人間」になるのだ。

ある夜、ぼくは宇宙塵と音楽を聴き、酒を酌み交わしながらゴロゴロしていた。彼は加川良というフォーク歌手の七〇年代の反戦歌をかけてくれた。「青くなってしりごみなさい。

逃げなさい、隠れなさい。……命を捨てないようにね。」愉快な気分だった。

その時、宇宙塵がこんな話をしてくれた。最近のテレビのインタビュー番組で、聞き手の女優が脳性マヒのゲストを前に「脳性マヒの方々は脳がしっかりしていらっしゃって、普通の人と変わりないから……」というようなことを言った。するとゲストもそれに同調した。その時ゲストはどうして「いいえ、しっかりなんかしてないよ」と応えてくれなかったのか、と宇宙塵は残念がるのだ。「そのことばひとつで助かる人もいるんだよ、そのひとりがこのぼく」だと。

聞き手もゲストも差し障りのないことばで、つまりきれいごとですませたわけだ。例によってからだを大きく揺すって笑いながら、宇宙塵はこうぼくに言う。「差し障りだらけのぼくは、そんなにしっかりしてないよ」、と。彼がそう言ってくれてよかった。そのことばで助かる人もいるだろう。ぼくもそのひとりだ。

第九章　住み直す

人類が宇宙に移り住む時代が来たら、日本人は一番スムーズに宇宙の生活に馴れるでしょう。その理由は宇宙には木、草、花、鳥、動物、美術、文化的な町並みなどがないからです。宇宙船の中、あるいは月の上の植民基地はアルミと蛍光灯の世界です。他の国の人たちは時々自然の森や生まれ故郷の美しい町並みを思い出して、地球に帰りたくなる。けれども、日本人は日本を思い出してもアルミサッシ、蛍光灯、空に聳える鉄塔、コンクリートとガラスの町しか思い浮かばないので、月での生活とそう変わらないはずです。

（アレックス・カー『美しき日本の残像』より）

生命地域主義と「住み直し」

デイヴ・ジャガーに導かれて、ぼくは空に向かって開かれたロフトの窓から屋根の上へとはい出した。家の周囲の傾斜地には階段状の菜園と花壇がつくられていて、今、花盛り。マンザニータやタン・オークやダグラス・ファーの雑木林の先は断崖で、もうその先は太平洋がどこまでも広がるばかりだ。カリフォルニア州北部のフンボルト郡、キング・レンジ丘陵を流れるマトール川の源流地帯。七〇年代以降全米に「ヒッピーのたまり場」として知られてきたフンボルト郡だが、今では環境運動のメッカとしても知られるようになった。

水平線に日が落ちるまでにはまだ時間があった。ぼくたちは空飛ぶ円盤のようなドーム型の家の上、ソーラーパネルの横に腰かけて、夕陽を浴びながら、森の話をした。アマゾンの熱帯雨林、カナダ西海岸の温帯雨林、アンデス山脈の斜面の雲霧林。

デイヴ・ジャガーはヒッピー・ムーブメントの良き伝統を継ぐ若き環境活動家だ。ぼくが数年前に彼と出会ったのはエクアドルだった。「古代森林《エンシェント・フォレスト》インターナショナル」というNPOのメンバーとして南米での原生林保全運動に携わっている彼は、マングローブ原生林を視察したいと、ぼくが「マングローブ植林行動計画」の仲間たちと活動している北部エクアドルの海岸地帯を訪れていた。ぼくたちはすぐ意気投合して、貧しい漁村で寝食をともにしながら数日を過ごした。

ぼくたちには何人か共通の友人がいた。そのひとりが、一九七〇年代以来、生命地域主義《バイオ・リジョナリズム》を唱えて世界中あちこちの地域運動に大きな影響を与えてきたピーター・バーグだった。ピーターはその講演やワークショップで、生命地域主義のモデルとしてフンボルト郡における生態系再生運動について語り続けてきたのだが、デイヴはその運動の担い手のひとりなのだった。ピーターはまたこの運動の中心人物で思想的なリーダーでもあるフリーマン・ハウスの親友でもある。

デイヴとの出会いをきっかけに、ぼくはフンボルト郡を訪れるようになり、北米における環境運動の最前線の様子をこの目で確かめることになった。

フリーマン・ハウスは、七〇年代にヒッピー運動の流れにのってフンボルト郡の森の中へ移住して以来、マトール川の流域の生態系を再生する運動に従事してきた。彼の運動について述べる前に、まずその思想的な基盤となった生命地域という考え方について紹介しておこう。

生命地域とは何か。ピーター・バーグはこう言っている。

「私たちは皆どこかの土地に住んでいる。当たり前のことである。けれどここにまた神秘的できわめて重要なことが隠されている。それは、私たちが生活しているこの場が生きているということだ。これを生命地域《バイオ・リジョン》と呼ぼう。」(『ピーター・バーグとバイオリージョナリズム』)

つまり、地域とは、単に我々人間が生きていくための場所ではなく、「生きている場所」。そして「固有の土壌や地形、水系や気候、動植物をはじめ多くの自然の特徴を備えた独自性を持つ生命の場である」と。人間とは、そうした「生命の場」の中に住み込む共同体の一構成員であり、本来、この場から切り離されて人間はありえない。

しかし産業社会、それも特に都市における人間社会のありようは、生命地域という考え方の対極にある。そこでは、「地域」とは等質で、取り替え可能な空間にすぎない。人々は職業の都合で、ひとつの地域からもうひとつの地域へと移動するが、それによって生活の性質が大きく異なることはない。このことは「機動性」と呼ばれて、高度に発展した社会の特徴として高く評価される。九州地方に住んでも、東北地方に住んでも本質的な違いはない。ニューヨークに赴任しても、パリに赴任しても、たいして生活は変わらない。

場所が取り替え可能なのは、人間が取り替え可能なのに対応している。場所と人間とは互いに疎遠で匿名的《アノニマス》な関係だ。その冷ややかな関係は、森を皆伐し、動物を獲りつくし、鉱物を掘りつくしては次の場所へと移っていく大企業のやり方の中にも見ることができる。そこでは自然は取り替え可能な資源にすぎない。現代の深刻な環境危機の源はここにあるといっていい。

これに対して、生命地域主義は「住み直し《リインハビテーション》」を唱える。つまり、もう一度地域との、場所との間に有機的で暖かみのある関係を取り戻すために、そこに「住む」ことを学び直そう、というのだ。ふたつと同じもののない、独特な地形、土壌、水の流れ、日の光、風、湿度と、微生物から動植物までのさまざまな生命体が織りなす共同体の中に、もう一度、血の通ったからだと心をもつ一個の生命として、メンバーシップを求める。住み直し、それはゆったりとした時間の流れの中で育まれる知（スロー・ノレッジ）と技術（スロー・アート）のプロセス。それはまた失われた遠い過去の文化的記憶の呼び起こしをも意味するだろう。

さてフリーマン・ハウスに話を戻そう。彼は一九九九年に『トーテム・サーモン』という本を発表している。その本は彼と地域の仲間たちの「住み直し」の記録だ。

元はサケ漁の漁師だったフリーマンは、生命地域を構成する一員であるはずのサケが川に戻ってこなくなっていることに注目する。そしてまず地域の歴史をふり返ってみることにした。この地の原住民であるインディアンについて調べてみると、彼らが長い年月をかけて、人間とサケの間にバランスのとれた関係をつくり出していたことがわかった。人間とサケとの均衡というものはしかし、この流域に住む人間同士の間の均衡なしにはありえない。言語の大きく違う原住民の三グループが住んでいたが、彼らはある時期からは争うことなく、サケをめぐる共通の儀礼をもち、漁撈についての厳格なルールをもって、同じ生命地域に持続可能な共存を実現していた。

一九世紀の後半に白人による植民の波が内陸から西海岸に押し寄せ、原住インディアンの生存を脅かし始めた。キング・レンジ周辺の原住諸民族も、その多くが絶滅に追いやられる。一九五〇年以降、この地域の森林伐採が激しくなる。レッドウッドと呼ばれるセコイアやダグラス・ファーなどの針葉樹の木材の需要が高まったのだ。すると表土が流出して川に土砂が堆積し、川が浅くなって水温が上昇して魚の生存に向かなくなったり、産卵場所が失われていったりした。

フリーマンと「マトール川再生会議」の仲間たちは川の生態系を、文字どおりの手作業で少しずつ回復していく。そしてしまいには在来種のサケを呼び戻すことに成功する。そしてこれが肝心なことだとぼくは思うのだが、彼らはその過程で、かつて原住民がもっていたはずの、サケを聖なるものと感じる感性を自分たちのうちにも育んでいく。つまり、サケを取り戻すということは、単に食糧資源の調達を意味するのではなく、その生命地域に属する者としての自分の発見を意味するのだ。

『トーテム・サーモン』には、「時に私たちは、自分の語る物語《ストーリー》によってしか大地に連なることはできない」という一節がある。フリーマンは「サケを呼び戻す」という「物語《ストーリー》」によって、大地に連なったのだ。

「住む」ことをめぐる危機。それがぼくたちの時代のひとつの特徴だ。それぞれの地域に、土地に、共同体に、家族に、遥かな時を超えて伝えられてきたはずのストーリーはすでにあらかた失われてしまった。そんな時代に、ぼくたちは何かのきっかけで、ある特定の地域に、場所に、再び連なって生きようとする意志を呼び覚まされる。死んだはずの古いストーリーを掘り起こし、その幽《かす》かな声に耳を澄ますだろう。そしてぼくたちは語り部《ストーリーテラー》となって、古い糸に新しい糸をまぜこみながら、新しいストーリーを編み出す。

「文化再生」ということばがある。地域の伝統文化は、西洋文明や植民地主義の大波にのみ込まれて、変容し、やがて同化と衰退を余儀なくされるもの、と信じられてきた。だがよくよく見れば、世界のあちこちに、こうした流れに抵抗し、あるいはそれと逆行するような伝統文化の再評価や復興の動きが常にあったし、それは今いよいよ盛んだ。中には、一度衰退しかけた文化が再び活力を取り戻すように見える場合が少なくない。これを「文化再生」という。しかし、再生とは過去への逆戻りを意味しない。伝統を踏まえつつ新しい文化アイデンティティを練り上げる過程だと言っていい。人類の未来を暗く彩っている環境危機から抜け出せるかどうかは、ぼくたちの文化再生の能力にかかっているのだと、ぼくには思える。つまり、「環境の再生」とはまず「文化の再生」なのだ。今世界中に広がりつつある生命地域運動とは、「住む」そして「住み直す」という古くて新しい物語をつくり出す文化再生運動だといえるだろう。

イリイチの「住むということ」

「住むということ《ドゥエリング》」（一九八四）と題された文章の中でイバン・イリイチは、「住む」のは人間だけだ、と言っている。鳥や獣には巣があり、家畜には家畜小屋があり、車にはガレージがある。しかし、鳥や家畜や車がそれぞれの場所に対してもつ関係は、人間が家《ホーム》に「住む」という関わり方をするのとは根本的に違っている、というのだ。（『生きる思想』）

虫や鳥や獣の営巣行動は、人間の居住行動と似ているようにも見える。しかし違うのは、営巣行動をするという衝動を遺伝情報として、生まれつきもっていることだ。人間だけが文化という織物の中に織り込まれた「住む技術《アート》」を代々受け継ぎ学習しながら、自らを技術家《アーティスト》へとつくりあげていく。

ところで、技術ということについて考えようと思う者は、もう一度このことばを西洋語におけるふたつの異なることば、アートとテクノロジー（あるいはテクニクス）へと訳し戻してみるのがいい。というのは、いつの間にかぼくたちは、技術といえば技術革新、科学技術、先端技術、ITなど、テクノロジーを思い浮かべるようになってしまって、本来の生活の技術としてのアートのことを忘れているようなのだ。

しかしそのアートの方も変質している。現代日本ではアートといえばアーティストと呼ばれる専門家たちのつくり出す表現のことと限定されている。欧米でも芸術や美術としての特殊な技術を表すには、ファイン・アーツ（fine arts）とかボザール（beaux arts）とかと形容詞をつけるものだったのが、最近はアーティストといい、アートといえば芸術における専門家と専門家の作品と決まっている。

思えばこれは奇妙なことだ。アートが専門家の領域として囲い込まれ、テクノロジーもまた特殊な訓練を受けた専門家たちに牛耳られている。いつの間にか、技術《アート》は「普通の人々」から引き離されて、遠いところに持っていかれている。技術《アート》は二重に奪われていると言ってもいい。技術至上主義《テクノクラシー》が支配する技術《テクノロジー》万能のこの時代に、メディアがつくり出すいかがわしいアートやアーティストがあふれているこの時代に、しかし、ぼくたちの生活の技術は萎えて、息も絶え絶えだ。

『世界でいちばん住みたい家』という本が現れた国は、「世界でいちばん住みたくない家」の氾濫している国なのではないか、とぼくは思いたくなる。今の日本人ほど、家屋内外の住空間の美醜に無頓着で鈍感な人々が世界にまたといるだろうか。そんな普段からのぼくの思いを告げると、日本に住む多くの外国人は賛成してくれる。ダグラス・ファー（第三章参照）もそのひとりだ。日本文化の研究家でやはり日本に長いアレックス・カーは、今、日本全国が「醜悪」の津波に襲われている、と言う（『美しき日本の残像』）。しかし、彼らはこうつけ加えるのを忘れない。ほんの数十年前まで世界で最も美しい家に住んでいたのも、その同じ日本人なんだがね、と。一体何が起こったのか。「ぼくたちの醜い家」。生活の技術の急速な衰退が、ここにもはっきりと表れているのだと思う。

　イリイチによれば、そもそも住むということは、建築家の手の及ばない活動だ。なぜなら、共同体にはふたつと同じものはなく、ひとつひとつがその土地に根ざした独特の住み方をもっているから。英語のハビット（習慣）とハビタット（住環境）はほとんど同じことを意味していた、と彼は言う。かつて、それぞれの土地、それぞれの共同体に「土地ことば《ヴァーナキュラー》」というものがあったように、その場所独特の建築というものがあり、それが「愛する技術」「夢みる技術」「苦しむ技術」「死にゆく技術」とかと一体となって、独特な生活様式をつくっていた。こうした土地に根ざした《ヴァーナキュラーな》生活の技術というものは、等質な三次元空間に家《ハウス》を建てる技術としての建築とは違って、学校で習ったり、本で学んだりすることができない。住む技術を習得するには、まさに「そこに住む」しかなかったというわけだ。

　しかしどうだろう。今や我々は住環境に関する一切の技術を失って、建設会社などの専門家集団の手に集中した知識や道具や機械にほぼ全面的に依存している。そもそも住む技術などというものがかつてあったことさえ忘れている。いや、仮に覚えていてもそんな技術がなくても生きていけることにこそ価値があると感じてさえいる。ドアの把手《とって》の位置を動かすことさえできないのだが、電話や電子メール一本で専門家が来て、やってくれる。だから何もできなくてもいい、しなくてもいい、という便利な世の中なのだ。（もちろん後から請求書が回ってきた時に金が払える人にとっては、の話だが。）

　同じ「先進国」でも北米の家庭にはいまだに男の役割としての大工仕事があり、「自分の家のことは自分で《ドゥ・イット・ユアセルフ》」の精神が根強い。たいがいの家がガレージに車の修理道具と大工道具を一通りもっている。一生に一度は、自分の住む家を自分で建てたいという夢をもつ人もまだ少なくない。これといった大工仕事のできない大多数の男女でも、自分のうちや、親戚、友人のうちのペンキ塗りくらいはするものだ。

これに比べると、現代日本人の、家に対する受け身的な姿勢が一層際立つ。家と居住者は互いに匿名的で、何年たってもよそよそしい。世界中の居住者についての、イリイチの次のような描写が、現代日本人にそのままぴったり当てはまるだろう。彼らは「こちこちに固められた世界のなかで生活」している。壁に穴を開けることもできず、「少しも痕跡を残さずに生涯を過ご」すことを期待されている。もしなんらかの痕跡を残せば、それは「損耗」と見なされる。後に残した物はゴミとして処分される。

イリイチによればそれは、土地に根ざした《ヴァーナキュラーな》住空間としてのホームが、物や人間を収容する「物置」のような等質空間にとって代わられたことを意味している。等質空間、つまり物置という空間には世界中どこへいっても、本質的な違いはないということだ。労働力を夜の間貯蔵し、それを輸送する手段を近くに配した物置が、世界中の都市をおおいつくす。かつて「自らかたちづくる空間」としてのホームに住んでいた人々が、その中に収容されている。この近代的居住者たちは、「住む」という自由を奪われている点では、病院や孤児院や監獄や兵舎に収容されている人たちと、同類だ。

「住む技術」の喪失と環境危機

日本では近年シックハウス症候群なるものが大きな問題になっている。かつてもっとも安全で身も心も休まる場所であったはずの「我が家」は、今やそこにいるだけで病気になる場所に成り下がってしまった。変わり身の早い住宅メーカーは急遽、接着剤にホルムアルデヒドを使わない新築の家を〝エコハウス〟と称して売り始めている。（それにしても、これまで危険なエコハウスならぬエゴハウスをつくり続けてきたことの責任はどうなるのだろう？）

住宅をめぐるこの危機は、しかし根が深い。単なる「建築技術的な誤算」ですませるわけにはいかない。それは、技術は技術でも、現代日本人が「住む技術」や「生活の技術」を失って、受け身的で無力な収容人員に成り下がったという問題なのだから。そして実は、この「住む技術」の喪失という文化の問題は、さらに、世界のあちこちで深刻化している環境問題とも密接につながっている。

イリイチによれば、環境とはかつてコモンズ、つまり、人々がある地域に住むための基盤であり、共同空間だった。かつてそれぞれの家庭《ホーム》はその周囲に広がるコモンズによって互いにつながり合っていた。そこは「共同体の住まい」ともいうべき共同生活の場であり、経済的な基盤でもあった。

コモンズが資源と見なされて、商品として経済市場に組み込まれると、共同体は基盤を失って瓦解し、それぞれの家庭《ホーム》は孤立し、そこに何世代にわたって育まれてきた「住む技術」——水や食糧を確保する技術、廃棄物を土に還す技術、薪や炭などのエネルギー源を確保する技術、さまざまな防災の技術、伝統的医療の技術など——も急速に失われていくだろう。

人々は消費者と化して巨大な市場＝貨幣経済のシステムへと組み込まれていく。つまり、そのシステムなしには一日たりとも生きられない依存者になるのだ。そこでは「雨つゆをしのぐ」という欲求さえ、経済学的に定義された〝ニーズ〟となり、稀少なものとして商品的な価値を帯びる。電線、ガス管、電話線、水道管、下水管など、さまざまな線や管が引かれて、住宅はそれにつながることによってのみ住宅といえる。まるでたくさんの管《チューブ》につなげられることで生命を保つ〝植物人間〟のように。病院の生命維持装置の世話になるのにも金がかかるように、近代的住宅にも莫大な金がかかる。

その稀少な空間を占有するためには苛烈な競争がある。しかもその競争に誰もが参加できるというわけではもちろんない。それは特権だ。だから、その特権を享受する者は、仮に三世代にまでわたるローンを組むことになったとしても、競争に参加できることを感謝すべきだ、と思われた。現に多くの現代日本人が自らを中産階級という特権階級だと規定して、家を持つことに生きることの意味と目的を見出してきた。そしてこの生きがいの感覚こそが、奇蹟とさえ言われた日本の高度経済成長を支えたのだった。

ハウジング、という現代用語がある。それは、物置としての住宅を大量に供給し、そこに人々を収容し管理する政治的エンジニアリング。そして土地を切り売りし、住居を大量生産する巨大産業。そこにあるのは取り替え可能な〝ユニット〟としての住宅。工業的に生み出される、規格品の組み立てによるプレハブ住宅。それは広告メディアによってつくり出された〝ニーズ〟のかたまり。高断熱・高気密、消毒、防蟻、防虫、防炎、防カビ、抗菌加工。間取りはエアコン、冷蔵庫、洗濯機、テレビ、コンピューターなど、すべての最新式電化製品に合わせて決められる。家の「物置化」の完成だ。そしてそれは住の「マクドナルド化（マクドナライゼーション）」、ファスト・フードならぬ「ファスト・ハウス」のでき上がりだ。

アトピー性皮膚炎、喘息などさまざまなアレルギー性現代病が住環境と深い関係にあることが明らかになってきている。有害な化学建材の多用はさらに化学物質過敏症なる新しい病気を生み出した。建材、接着剤、塗料、ワックスなどに含まれる多くの化学物質が発ガン性をもつことが指摘されてきたが、近年、さらに環境ホルモン（内分泌攪乱物質）と呼ばれる数々の化学物質が体内でホルモンの働きを攪乱し生殖機能に影響を及ぼすことがわかった。「もはや誤った家づくりは、人類の未来を滅ぼしかねない」のである（『世界でいちばん住みたい家』）。

しかし、現代の住宅が人類を滅ぼしかねないというのは、そこに居住する人々の生命が脅かされる、ということだけを意味しているのではない。『世界でいちばん住みたい家』の中で、赤池学と金谷年展は、「住宅は自然を破壊する現代の象徴」だと言い、『地球白書』の報告を紹介しながらこう述べている。今日の世界の環境破壊の多くは、他の経済分野で使われる量の何倍もの木材、鉱物、水、およびエネルギーを消費する現代建築に責任がある、と。住宅を建てるのにも膨大なエネルギーが消費されるが、完成後の住宅の中で消費されるエネルギーは、一九九二年には、世界中の総エネルギー消費の約三分の一、化石燃料による発電の二六パーセント、水力発電の四五パーセント、原子力発電の五〇パーセントを占めたという。

現代の住宅はまた膨大な量の水を使用するようにできている。特に、近い将来の水をめぐる戦争が危惧される時代に、日本の住宅のように、同じ飲料水で水洗トイレから、庭の水やり、掃除洗濯、料理まで一切をまかない、しかも文字どおり湯水のように惜しげもなく使う場所は世界でも珍しい。木材に関しても日本は世界有数の消費国だ。一年間に使用する木材の量は一億立方メートルを超える。つまり人口一人あたり約一立方メートル。そのうち七八パーセントは輸入に頼っている。日本では年間に約一〇万戸の住宅が解体され、材料の六割がゴミとして廃棄されるが、この住宅廃材は産業廃棄物全体の三七パーセントを占めるという。これだけ見ても、いかに日本の住居が環境破壊型であるかがわかる。

こうして、「私たちの醜い家」の、その醜さが本当に意味しているものが見えてくる。「物置化」し、「マクドナルド化」した我々の悲しい家、「ファスト・ハウス」。壁に穴を開けることさえできない我々は、その囚われ人だ。

「プラグを抜く」とは快楽を取り戻すこと

現代住宅はさまざまな管や線に接続《プラグ》されることによってのみ住宅なのだった。そういう住宅に囚われた者として、我々現代人もまた「プラグド」、接続によって生かされる身だ。おもしろいことに英語でプラグといえば、テレビなどで商品を喧《やかま》しく宣伝することをも意味する。テレビといえば、今や家庭用電化製品の多くがリモコンで操作されるようになって、なんと日本の住宅における電力消費の一割近くが、いわゆる待機電力なのだそうだ。

最近は、田舎の夜の暗がりの中に煌々とした白い光を空しく放っている自販機をよく見る。急の客を迎えると、主婦が近所の自販機まで走って、エプロンに缶やペットボトル入りの飲料をかかえて帰るという図がよくある。田舎の家ではそんな時、主婦が息をはずませながら、「自販機のおかげで便利になって」とかと言うのをぼくは幾度か聞いた覚えがある。もう昔のように、勝手口や縁側に腰かけた客とともにお茶を飲みかわしながら、世間話に花を咲かせるといった「不便」はなくなった、というわけだ。「住む技術《アート》」がまたひとつ消えた。スローで「わずらわしい」人間関係がまたひとつ消えた。

街を自転車で走りながら、気が向くと自動販売機のコンセントを抜いていた人をぼくは知っている。その人の気持ちはよくわかる。今やこの国は二三人に一台の割合で自販機をもつ自販機大国だ。そのうち、冷蔵機能をもつ「清涼」飲料の自販機だけで約二六〇万台。それらを二四時間動かし、待機させておくだけで、原子力発電所一基分の電力が使われるという。これだけ多くの自販機をいつもプラグしておく人たちと、それを見るに見かねて抜く人と、どちらがより暴力的だろう。

アンプラギング――プラグを引き抜くこと。依存の度合いを少しでも軽減し、自足《セルフ》・

的な生活へ向けての足がかりとすること。それは、「南」の国々にあっては、グローバリズムの圧力と誘惑に抗って、内発的で持続可能な発展の道に固執することを意味するだろう。それが国際社会においてしばしば制裁の対象となるように、産業社会の内部における逸脱《アンプラギング》も、往々にして法的、あるいは社会的な制裁を受けることになる。しかし、そうしたリスクを覚悟で、「住む」ことの自由に固執する人々の群れが、産業社会の谷間や片隅には見受けられるものだ。イバン・イリイチは言う。

「かれらには、侵入者、不法占拠者、無政府主義者、迷惑者などといったさまざまなレッテルが貼りつけられるでしょう。……アンデス山地からリマの郊外に下りてきたインディアンの種族も、市の住宅供給公社に頼ることから、……プラグを引き抜いたシカゴの隣人委員会も、ともに、ホモ・カトレンシス、つまり、収容される［ことを必要とする］人間という、いまや支配的となっている市民のモデルに挑戦しているのです。」（『生きる思想』）

アミッシュ、ハテライトといった宗教的な共同体運動、無政府主義的、社会主義的コミューン運動、ヒッピー・ムーブメント、などの集団的アンプラギングもあれば、放浪者、隠者、世捨て人などの個人的アンプラギングもある。しかし、イリイチも言うように、こうしたアンプラギングの〝純粋形〟だけにこだわる必要はないだろう。単なる趣味やお遊びや道楽だと思われているもの、例えば日曜大工や週末のガーデニングの中に、実は重要な可能性が秘められているのだ。

アパラチア山脈で山羊の放し飼いをしている家族が、夜になるとコンピューターでゲームをしていたり、ニューヨークのハーレムでビルを不法占拠している人が娘を私立学校に通わせていたりするのを、イリイチは知っている。これらの人々の生活が「矛盾」していることを揶揄したり、批判するのは易しい。しかし肝心なのは、こうした部分的アンプラギングの経験を通じて、彼らが何かを学びつつあるということだ。つまり、かつての接続《プラグ》された「快適な」現代生活を「楽しんでいた以上に、かれらがいま、「住む」ことによってとり戻した生活の技術を楽しんでいる、ということ」。

イリイチのことばに「根源的独占」がある。例えば、現代社会における車。米国ではほとんどの場所で、車なしに生きていくことが極めて難しい。日本も、特に田舎ではますますそうなってきている。同様に、今の日本では携帯電話がない人は、コンピューターがない人は、生きづらくなってきている。なぜか。それはこうした新しい製品を買わなければ生活がしづらい、というように社会のしくみそのものをつくり直してきたからだ。

ぼくたちは、新しい技術が旧来の技術を凌駕したり、新しい製品が市場を席巻するのは、自由競争の結果だと、思い込むくせからなかなか抜け出せないでいるようだ。ダグラス・ラミスは米国の自動車社会についてこう言っている。

「一九二〇年代まで、ロサンゼルスは世界でも有数の通勤電車のある街だった。それを自動車会社が買収したのです。彼らは次第に電車を減らしてゆき、不便なものにして、やがて赤字にして廃止した。自動車産業は同じようにアメリカ中の鉄道や路面電車の会社を買収して、車文化を作った。とても暴力的な歴史なのです。」（『経済成長がなければ私たちは豊かになれないのだろうか』）

さらに日本の事情に触れてラミスは言う。「旧国鉄は赤字で税金を使っていると非難されましたが、もし日産とトヨタが高速道路を全部作り、管理していたとしたら、一台の車はどれだけ高くなってしまうか。車が便利だから、自然に車社会になったのではありません。政策として、人為的に作られているのです。」

「それがなければ困る」という依存状況を人為的につくり出すことを通じて、ある技術が、あるいは製品が、社会や市場での独占的な地位を確保する。これが根源的独占だ。こうしたフェアではない（アンフェアな）状況のもとに生き、生かされるぼくたちにとって、「プラグを抜く《アンプラギング》」とはどのようなかたちをとるだろう？

まず大事なのはアンプラギングは禁欲主義ではない、ということ。根源的独占のもとでは、特定の技術や製品を抜きにしては快楽そのものが成り立たない、といった空気が醸し出される。車がなければ女の子をデートに誘うこともできず、カラオケ機器がなければ歌も歌えず、テレビゲームや携帯電話なしには友だちづき合いもできない、というふうに。「それ以外に快楽のかたちはありえない」という強迫観念が人々をやすやすと支配する。そこでは一見快楽を促進させるような技術や機械がとても進んでいるように見える。だが、「逆にそういう機械や技術に頼らずに快楽を感じる能力、楽しくする能力が、社会として、あるいは一人ひとりの個人も鈍くなっている」だろう。いつの間にか「エンターテインメント」産業なしに、我々は自らをエンターテインする、つまり楽しませることもできなくなっていた。

だから、とラミスは言う。根源的独占から抜け出す道――それをラミスは、これまでの「発展《デヴェロップメント》」ということばに対して「対抗《カウンター》発展」と呼ぶのだが――は、本当の意味の快楽を取り戻すことなのだ、と。「快楽、楽しさ、幸福、幸せを感じる能力、それらを発展させるのです」。その意味で、「プラグを抜く」とは、快楽主義的な行為だ。

一方、根源的独占に対して、オール・オア・ナッシング的な復古主義や純粋主義などで対抗する試みは、長続きしにくいし、運動としての広がりももちにくいだろう。そこはイリイチの言う「ゆるやかな離床」をイメージしたい。加速的な社会の中に生きながら、ゲリラ的で部分的なアンプラギングを通じて、生活のあちこちに主流とは違う支流や伏流のスローな時の流れをつくり出す。そんなオルタナティブな流れは、古くて新しい物語の芽生えだ。そこには文化の再生がすでに始まっているといってもいい。

自宅で大工仕事やガーデニングを通じて生活の技術の楽しみを実感することが、アンプラギングへのよい手ごたえを与えてくれるだろう。もちろん、そこにも喧しい商業主義（プラギング）がひしめいていて、何をするにも多くのテキストを買ったり、講習に出たり、道具や関連グッズを揃えることを要求する。花に水をやるのにも専門家にお伺いをたてねばならない、というわけだ。しかし、それにしても自宅ならば、近所のお年寄りの見よう見まねで、親や祖父母がやっていたことを思い出しながら、試行錯誤で、自分に合ったペースをもって、「いい加減に」、庭仕事や大工仕事を楽しむことができるだろう。それは、身体が「住む」場所をつくるのに直接的な関わりをもつことのできる得がたい領域だといえる。そこから始めて、やがて市民ガーデンへと、グループによる田づくりへと、近所の大工ボランティアへと、もう少し広い流れへと合流していくこともできるだろう。

ぼくが北米で、オーストラリアで見たのは、そうしたゆるやかに離床しつつある人々の群れだった。オーストラリアのメルボルンにあるセリースという公園のことを思い出す。そこはもと市のゴミ捨て場だった場所だ。それを市から地元のNGOや教育者たちが借り受け、パーマカルチャーの考え方を基にして、自然豊かな公園につくり替えていった。今では、近所の人々の憩いの場所であるばかりか、遠くから観光客もやってくる。

そこには畑もあれば、牧場もある。家屋や畜舎から出る汚水はすべて浄化されてから、自然に還っていく。デモ・ハウスがあって、そこには手軽なものから、複雑なものまで、アンプラギングのためのさまざまな道具や仕掛けやコンセプトが展示されている。いわば持続可能な生活スタイルの見本市だ。

公園の横には川が流れている。以前はひどく汚染されていたこの川だが、徐々に浄化されて、しまいには、姿を消していたカワセミが帰ってきた。人々はその帰還を記念して、「カワセミの祭」を始め、以来毎年盛大に祝うようになった。ここにも古くて新しい物語の誕生があり、神話の蘇《よみがえ》りがある。

第十章　スロー・ボディ、スロー・ラブ

からだの中に
ああからだの中に
私をあなたにむすぶ血と肉があり
人はそれ故にこんなにも
ひとりひとりだ

（谷川俊太郎「からだの中に」より）

自分の身体への異様なほどの関心——鷲田清一の「パニック・ボディ」論

カナダの社会学者シノットは言う。「人々は、たぶん、他のいかなる単一の「事物」にも増して、しかも片時も忘れずに、身体のことを考え、心配している」、と。

身体についての関心や悩みは、いつの時代、どこの社会にもある。しかし、これだけの多くの心配が、これほどの深刻さや強烈さを帯びて、いちどきに個々人の意識をびっしりと取り囲むのは、ぼくたちの住む現代社会の特徴だといえるだろう。かつて、世界の隅々で静かに淡々と生きられていた身体は、今や、「問題の山」となって、意識のスポットライトのもとに置かれ、騒がしく語られている。

一体身体に何が起こっているのだろう。哲学者の鷲田清一は、危機にある現代社会の身体を「パニック・ボディ」と呼ぶ。彼の案内で、その実態を見ていくことにしよう。

我々はよく「わたしのからだ」とか「ぼくのからだ」とかと言う。「このからだ」が「自分のもの」であることに我々は疑いをさしはさまない。ところが、よく考えてみると我々が自分のからだについて知っていることは、ごくわずかだということがわかる。鷲田によれば、ドイツには「各人にとっては自己自身がもっとも遠い者である」という諺《ことわざ》があるそうだ。他人の身体なら、ひとつの「もの」として、見たり触れたりできるのに、自分の身体の経験というものはいつも断片的だ。

断片的でしかありえない「自分」というのは不安なもの。現代欧米人や日本人が身辺に鏡を置いて、頻繁に自分の顔やからだを映してみるのは、まるでこの不安から逃れようとするかのようだ。それにしても、現代日本人は一生の間に一体何度被写体となり、自分が写っている写真を何枚所有するのだろう。自分の顔さえじかに見ることのできない我々が、自分へと向かう視線――他人の視線、鏡、写真などの映像――を多数つくり出し、それによって自分を間接的に見ることに快感を感じている。一種のナルシズムといえよう。

「身体」と「自分」の関係について、鷲田清一はこんなふうに言っている。我々は自分が「からだをもっている」と感じている。「もっている」とは、しかしどういう意味か。所有物という意味なら、譲渡、交換、処分が可能なはず。からだの部分を片端から交換し、あるいは処分していったら、残るものは何か。ぼくはそれでもぼくなのか。病気になれば、熱は出る、痛みはある、咳が出る、力が抜ける、鼻水が出る、涙が出る、耳鳴がする、リンパ腺が腫れる、出血する、というふうに、まるでぼくという存在とは別の、独自の生き物のように身体はふるまう。こういうものを、「ぼくは所有している」とか、「ぼくのもの」などといえるだろうか。

「このように考えてくると、わたしがだれであるかということは、わたしがだれでないかということ、つまりだれをじぶんとは異なるもの（他者）とみなしているかということと、背中あわせになっていることがわかる。」（『じぶん・この不思議な存在』）

ああではない、こうでもない、という否定形でしか自分というものはつかめない。他者との関係で、彼あるいは彼女を「わたしではないもの」として知ることによって、初めて自分が成り立つ。アイデンティティとはそういうものだろう。それなのに、我々はしばしば「自分は誰か」という問いへの答えが、自分の中に、この皮膚で囲まれた身体の中にあるかのように思い込んでいる。つまり、他者と切れたところで、いわば他者との無関係において、自分が成り立つと、感じている。いや、むしろ自分を他者から隔離しないことには、自分というものの成立が危うい、とさえ感じたりする。他者を知ることと同義であったはずの「区別」が、いつの間にか、他者との関係性そのものを拒む「隔離」にとって代わられる。

ここに、鷲田は現代日本社会におけるひとつの危機的な兆候をみている。自分をとりまく世界から自分を隔離しようとすれば、当然両者の境界へ向けて意識が研ぎすまされることになる。そこで身体が脚光を浴びるのだ。その意味では、現代人の身体をびっしりと取り囲む関心や悩みはみな、自分が自分であると感じられるために必要な材料だともいえる。現代人が病院へと足繁く通うのは、ただ悩みを解決するためではなく、むしろ悩みを得ることを通じて自分を自分として成立させるためでもあるのかもしれない。

自分の存在を隔離しておきたいという願望は、まず、他人の身体との接触を嫌ったり、避けたりする感覚や意識や行動として表現されるだろう。他の多くの文化に比べて、日本では身体間の距離が大きく、接触も少ないことは以前から指摘されてきた。一方で、日本人は連日のラッシュアワーの人混みで、非意図的な身体接触を強いられることでも知られている。しかしよく見ると、確かに手をつないだり、肩や腕を組んだりすることはめっきり少なくなった。家族におけるスキンシップ、知人、友人同士での挨拶や会話における接触も減っているようだ。

接触を忌避しようという意識はまた、他人の体臭やたばこの匂いが自分の髪や服につくことへの嫌悪感や、逆に自分の口臭や体臭が他人を不快にさせているという不安として表れる、という。また八〇年代以来しばしば話題にのぼってきた潔癖症とか清潔症候群とかも、隔離願望の一表現と見ることができるだろう。

清潔志向は他者から自分を隔離する

八〇年代のバブル経済の時代は同時に清潔症候群がエスカレートする時代でもあった。いわゆる「朝シャン」ブームが演出され、関連業界はシャンプー、リンス、トリートメントはもちろんのこと、デオドラント、オーラルケアなどの「エチケット製品」から、リフト式シャワーや洗髪タイプの洗面台まで次々に開発しては売り込み、急速に売り上げを伸ばした。そしてその後には、ムダ毛処理を中心とする「エステ」ブームが続く。

「朝シャン」は、アメリカ化という側面をもっている。北アメリカ人のシャワー好きも極端だ。平均的なアメリカ家庭にはいつも大量の「清潔な」バスタオルが用意されていて、シャワーの度にタオルを替えることが多い。デオドラントやオーラルケア商品の普及ぶりで北米にかなう社会はないだろう。

いわゆる先進国には多かれ少なかれ清潔志向というものがあるようで、衛生の行き渡り方や進み具合が文明の高さの指標と感じられたりもする。抗生物質や消毒剤や殺菌剤の乱用に表れた「ばい菌撲滅」の思想は、現代文明に共通の特徴といってもいいだろう。だがその中でも九〇年代の日本で始まった「抗菌」ブームは突出している。

微生物の研究を専門とする生物学者の藤田紘一郎によれば、抗菌グッズに表れた潔癖主義は現代日本社会にさまざまな深刻な問題を生み出している。

「家電製品、家庭雑貨、文具、合成繊維製品に至るまで「抗菌グッズ」のオンパレードである。水道をひねれば……塩素という「強力な殺菌剤」が高濃度に見出される。洗濯の際には、ハイターのような漂白剤を使う。これは強力な殺菌剤でもあるのだ。子どもが「ウンチ」でももらせば、すぐクレゾールで消毒し、逆性石鹸で洗い流す。……常在菌を失った皮膚は、外部からの病原体に必ずやられるようになる。ダニなどの抗原が体内に入りやすくなって、アトピー性皮膚炎が起こりやすくなる。見た目に「気持ち悪い」生き物として、忌み嫌われてきた寄生虫でさえも、花粉症やアトピー性皮膚炎などの発症を抑えていた「共生虫」だったのだ。」（『共生の意味論』）

これを、身体をめぐって人間の文化と自然がせめぎあっている図と見ることもできよう。いや、人間が自らを自然から区別し、隔離して文化というテリトリーをうちたて、守ろうとしているのだ、というべきか。どちらにしても、ここで身体は、文化と自然の境界として表れている。

その境界地帯に、浸透不可能な膜をはり、壁をめぐらせようとする。そのことがしかし皮肉にも膜や壁の内部に免疫不全の状態をつくり出し、「自分」を衰弱させていく。

「清潔」とか「不潔」とかといえば、我々は身体をめぐる衛生学的な問題であると考えがちだ。だが実は、今ここで語られているのは社会学的な問題であり、文化の問題なのだ。しかも問題なのは単に、人間と微生物との関係なのではない。それは、「ぼく」と「きみ」、「自分」と「他者」、つまり人間と他の人間との関係の問題でもあるのだ。学校で特定の生徒を「バイキン」と呼んで排除するゲーム。小学生、特に男児の間には学校で「ウンチができない症候群」があって問題になっている。

「オヤジ」とはさしずめ大人の社会における「バイキン」ゲームだろう。「オヤジ」とは何か。それがまず、「独特の臭い」とか「首筋の汗」とか「口臭」とかという身体的な特徴として理解されているのは偶然ではない。忌避されるべき巷の「オヤジ」は、もちろん我が家の父親たる「おやじ」と無縁ではありえない。自分の父親の下着を箸でつまんで洗濯機に入れる現代日本の娘たちの話が海外に紹介されて衝撃を与えたことがある。我々日本人は果たしてその衝撃の意味を理解しようとしたことがあるのだろうか。

最近気になっていることがある。日本人が友人知人同士互いに挨拶する時の動作や表情のぎこちなさだ。握手はまだまだ特殊なものと感じられており、肩や腕に触れたりするのにも人々は相変わらず不慣れだ。一方で、昔ながらの頭を下げ合う「お辞儀」は、フォーマルな時や場所を除いて急速に廃れつつあるようで、しかし、それにかわるべきしぐさはなかなか登場しない。若い女性たちは「バイバイ」と言って手を振るのだが、その際上腕はからだに密着させたままで動かさないため、全体として小さく窮屈そうな動作になる。まるでそれは腕が自分から離れて、相手の方に近づくのを自らに禁じているかのようだ。

数年前のこと、ある女子学生がぼくに相談があるという。聞いてみるとそれは、「手のやり場に困っている」という悩みだった。例えば歩く時にも、手がどこにあって、どういう動きをしているべきかがわからず、考え始めると余計わからなくなって、かえって邪魔に感じられるようになる。電車の中でも困って、仕方なくつり革をつかむ。文字どおり手持ち無沙汰なのだ。手という最も運動量の多く機能性の高い身体部位が、日常の基本的な動作の中で、いわば「余計なもの」と感じられる。

しかしよく考えてみれば、ここで「邪魔」とか「余計」とか感じられているのは、実は手そのものというより、腕なのだ。この女子学生は、自分の腕の「やり場に困っている」。腕というのは通常二本もあって、そのそれぞれが前後左右上下に伸び、身体の周囲、つまり他者との間にある空間を動いては、そこにさまざまな意味を描いていく。二人の身体の間の空間に「差し伸べ」られた腕は、両者の間の物理的距離を縮めることによって社会的距離をも縮めるだろう。ボクシングで腕の長さを「リーチ」と呼ぶように、腕は文化の中にあって本質的に他者との距離を計るものであり、「リーチ・アウト」、つまり他者への架け橋なのだ。

とすれば「手のやり場に困る」若い女性の悩みは、他者との関係におけるある種の困難を示していると考えられる。同様に、腕をからだに密着させたままの窮屈な挨拶は、他者との関係性よりはむしろ無関係性によって、つまり隔離によって「自分」を保持しようとする「わたし」――鷲田の言う、衰弱した「わたし」――の身体的な表れなのかもしれない。

食と性に表れる身体の危機

鷲田によれば、パニック・ボディという身体的危機は食と性という「人間における〈自然〉のふたつの位相」に集中的に表れる。

地方から東京に出てきて独り暮らしをする人には拒食や過食を経験する人が少なくないという。そんな女性のひとりが、自分の過食の経験をふり返って、そこで失われていたのが「食事の段取り」だったと語る例を鷲田は紹介している。また、乳児が愛情を失った時にはいのちの素である乳をも拒むことがあること、さらに、日頃のろのろ動いている精神病患者が恐ろしい速度で「早食い」する例をあげて、「人間としての近さや親しみの感情を失ったとき、食もまた崩れるのである」と言う（『悲鳴をあげる身体』）。

岸田秀はかつて人間の性について語る中で、人間が他の動物と違うのは「本能が壊れている」ことだ、と言った。鷲田はこれにならって、人間においては「自然」が「とうのむかしに壊れてしまっている」という。彼らによれば、この「壊れた」部分を繕い、補うものとしてつくり出されたのが、文化というものだ。

「壊れた自然」という表現はともかく、生得的要因によって決定されない膨大な「余地」こそが、人間を他の動物とは異なる文化的な存在にしたのは明らかだろう。文化人類学が報告してきた世界中の文化の多様性がそのことを証《あか》しだてている。とすれば、ヒトの食生活と性生活は、他の動物の食と性をめぐる行動とは質的に異なるものだ。人間にとって食は単なる成長や代謝のための栄養摂取行為ではない。そして性は単なる繁殖行動ではない。

あらゆる文化において食と性は、さまざまな規範や儀礼や価値観や神話にとり囲まれている。先に見た「段取り」だ。そこには独特の美意識や礼儀や身体テクニックがあり、ペース、タイミング、リズム、スタイルがある。たとえ行為がひとりで行われる時でさえ、それは本質的に集団的で共同的だ。私の食生活と性生活は、共同体の他の人間たちとの関係や、自然界の関係のあり方を表現している。

共同生活の核にあるのが共食（トモグイと読まないように）だ。それは、どの文化にも見られる「人間的な食」へのこだわりのかたちだといっていい。家庭における日常的な共食の習慣が崩れかけている現代社会でも、まだまだ食の共同性に固執する様子がうかがえる。会食、ランチミーティング、ディナーパーティ、「同じ釜の飯を食った仲」、デートにおける食事。一方、日本のテレビのいわゆるバラエティ番組で最近、大食いや早食いの競争が盛んに行われているのには、逆に、共食の文化の風化ぶりを思い知らされる。

漁師で、水俣病事件を通じて独自の思想を編み出した緒方正人は、現代社会における危機とはまず、「いのちの記憶」を失いつつあることだと言う。彼によれば本来、食とはいのちのやりとりを意味する。殺生。生き物のいのちをとることで、私はいのちを得る。自然界の食物連鎖のひとこまだ。漁師として日々、殺生の場に立ち会ってきた緒方によれば、現代文明は人々をこの場から限りなく遠ざけようとしている。そしてこの場から離れれば離れるほど、いのちの記憶は薄らいでいく。

教育家の鳥山敏子が指摘したように、現代日本の子どもたちの多くは食べ物がすべてスーパーマーケットからやってくると思っている。プラスチックの皿に乗ってラップをかぶせられた切り身以外に「魚」という概念をもたない子どもたちさえいる。そのスーパーについて緒方はこんなふうに言っていた。

「[我々人間は]みんな多かれ少なかれ泥棒じゃないですか。……スーパーなんていうなれば、泥棒たちの分配センターで、銭はそこの通行証みたいなものでしょ。我々はそこから持ちきれないくらい、冷蔵庫に入りきらずに腐らすくらい、いっぱいものをさげてきて、涼しい顔で金は払いました、と言ってる。」(『常世の舟を漕ぎて』)

食べるという行為をかつてとりまいていたはずの、畏れや戦慄、そしてそれらに裏打ちされた感謝や歓びのかわりに「涼しい顔」だけがある。自然を資源と見なし、いのちあるものさえ貨幣的な価値に置き換える経済の仕組みの中で、食の文化はますますやせ細っていくようだ。

こうした食をめぐる危機が拒食症や過食症といった現代病と深い関係にあることは容易に想像できる。

一方、性もまた「萎縮し、傷ついている」と鷲田清一は言う。

「〈性〉は、個体と個体のあいだで起こる身体間のもっとも濃密な交通である。これを軸に、親子のあいだの親密な相互接触、さらにはじぶんの身体とのあいだの何重もの厚い関係が交叉しながら、これまで家族という、複数の身体がなじみあう特異な空間を構成してきた。」(『悲鳴をあげる身体』)

しかし、現代の性には、こうした濃密なコミュニケーションをあらかじめ排除する傾向があるという。メディアにおいて快楽情報がますます溢れかえっているのは、逆に、快楽をパートナーとうまく共有できないまま、「恒常的な飢餓感や不足感だけが確実に膨らんできているということ」を示しているだろう。

「間身体性」というモーリス・メルロ＝ポンティのことばがある。からだというものが、孤立したものではなく、本来、共同的、感情的、表現的なものとして、相互の関係の中でのみ存在する、ということだ。身体の本質はコミュニケーションにある、といってもいい。性愛とはいわば、そんな間身体的な身体の集中的な表現の場であるはずだ。

しかしぼくたちの時代の性愛には攻撃性や暴力性の影がつきまとっている。それは、セクハラ、性的暴力、ストーカー、セックスレス現象、援助交際、ブルセラといった一群のことばで象徴される。そこでは、文化的な枠組みを取り外された「それぞれの性が、そしてそれぞれの世代が、共有できる物語を欠いたまま、問題としての〈性〉にむきだしで接触している」（鷲田）ように見える。氾濫する情報の海の中で、観念として肥大した「性」は溺れそうだ。

それは鷲田の言うパニック・ボディ、つまり本来の「ゆるみやゆらぎ」や「すきま」を失い、「加減」や「融通」がきかなくなって「がちがちになっている」身体だ。それに対して、「ゆるみ」や「ゆらぎ」や「すきま」をもう一度取り戻して、他者のからだとの交通や接触の気持ちよさを思い出した身体のことを、ぼくは「スロー・ボディ」と呼びたい。身体というものがもし、所有し、管理し、支配するためのものであるなら、「ゆるみ」「ゆらぎ」「すきま」などは邪魔になるばかりだろう。他者からくっきり区別され、隔離された「単体」としての身体に比べ、他者と相互に浸透し合うような間身体性は、所有や管理になじまないし、非効率的で、第一面倒臭く感じられる。スローなのだ。

だが、思えば、愛とか、恋とか、友情とか、同情とかという他者との結びつきは本来非効率的で、親密な人間関係特有の面倒で厄介でわずらわしい側面をもっている。しかしその面倒臭さこそが、それらの感情に伴う歓びや快楽の源でもある。インスタント・ラブは言語矛盾だ。ラブは本質的にスローなのだから。

身体の有限性があればこその自由

子どもが子どもだったころ、
いつも不思議だった。
なぜ僕は僕で、僕は君でない？
なぜ僕はここにいて、そこにいない？

（映画『ベルリン天使の詩』より）

ドイツ思想の研究家で、北欧の社会教育にも詳しい清水満は、著書の中で映画『ベルリン天使の詩』（ヴィム・ヴェンダーズ監督、一九八七）について論じながら、身体論を展開している。この映画では、主人公である天使が、ふと立ち寄ったサーカス小屋で、にせの羽をつけたブランコ乗りの女性に恋をしてしまう。しかし恋は天使には禁物だ。清水は言う。

「なぜならば、彼には肉体がないから。感性というものは、有限な肉体をもつものだけに与えられている。好きな人の頬や身体に触れ、相手の存在の重みを自分の身体で受け止め、触れあうことにより、空間的に隔てられていること、その距離を埋めることができるのはただ身体をもった有限な存在者だけなのだ。」（『共感する心、表現する身体』）

天使は恋する相手のところに行くために、堕天使となる。身体を得るために、彼は永遠のいのちを捨て、時間や空間の制約をもたない遍在的な存在であることをあきらめるのだ。

「身体をもつ有限な存在だからこそ、僕は僕でしかなく、僕は君ではありえない。身体をもつがゆえに、いる場所は一カ所に限定され、時間と空間というものがあって、私たちはそれをすべて見渡すことができないのだ。」

人間の、身体的存在であるが故の有限性。だが、この有限性があればこそ、人間は表現的な存在でありうる。つまり「僕が君でないからこそ、僕の思いを君に向かって身体を使って表現する」のであり、「互いの手と腕が感じる相手の存在の充実の中で、世界の確かさを、いわば自らの身体によってつくり上げていく」のだ。身体とは、表現とは、このようにスローなプロセスだ。そこでは時に、いつ終わるともない曲がりくねった道を切ないほどゆっくりと進むように感じられる。これが天使ならぬ人間のコミュニケーションというものだろう。

ぼくは牧口一二の話を思い出す。ゆっくりと辛抱強く「人間のコミュニケーション」を重ねたある重症の身体障害者の話だ。

自らもポリオによる障害をもつグラフィックデザイナーの牧口はある時、「簡単な振動で骨が折れる」骨形成不全という病気で寝たきりの男性の訪問を受ける。聞けば、なんと愛媛県からベッド式車椅子（ベッド付き手押し車といった方が適当か）に乗ってひとりで大阪までやってきたという。彼の名は宇都宮辰範。

出かける時には、母親が彼のからだを家の前まで抱えていって、コルセットを据えつけたベッド式車椅子の上に横たえる。母親はそこで「行ってらっしゃい」と言って家に入ってしまう。彼はそこでじっと人が通りかかるのを待つ。そして大きな声でその通行人を呼び止め、自分が行きたい方向へ向かっていくとわかれば、ベッドを押していってくれるように頼む。

これを何度か繰り返して、リレー式に目的地にたどり着く。愛媛から大阪まで来たのもこの彼のいわゆる「キャッチボール式歩行法」によってだった。

宇都宮が寝ているベッドの下にはカーテンのかかった棚があって、その中には食器、便器、し瓶など所帯道具がひとそろい入っている。進行方向に足を向けているので、彼の顔と車を押してくれる人の顔がすぐ近くになる。当然会話が始まる。そのうち、押してくれる人が親切心を発揮して、遠回りをしてでも彼を目的地まで送り届けようと申し出る。そんな時、宇都宮は丁重に断わることにしている。押してくれる人がこれを遠慮ととって、なお、協力を申し出る時には、宇都宮はこう言うのだそうだ。

「いえいえ、これはぼく、遠慮で言ってるんではありません。あなたとお別れしてからまた同じ方向の人に声をかけて手伝ってもらいます。そうしたほうが、ぼくはひとりでも多くの人に出会うことができるから。」(『何が不自由で、どちらが自由か』)

彼の移動式ベッドの前方には大学ノートと鉛筆一本がぶら下がっている。彼の移動を何らかのかたちで手伝ってくれた人に、「もしよかったら」と記載を頼むためのものだ。それぞれの人の自筆の住所録であり、サイン帳であり、宇都宮にとっては旅の記録である。それは出会いの記録であり、縁のかたち。

牧口の質問に答えて宇都宮は言う。自分の行動が他人への迷惑だと考えて、それを避けようとすれば、自分には家の中で寝たきりの一生しかない。人生に多少の迷惑のかけ合いはつきもの。骨がいつどこで壊れるかもしれないが、自分は外へとび出して、人に声をかけながら生きていく方を選ぶんだ、と。

牧口はそれを聞いて「自立」ということばについて考え直すことになる。「自立」とは人生の目標のひとつとして、障害者をも、健常者をも、強くとらえ、駆り立てることばだ。しかし、と牧口は思う。「自立、自立というけど、自分で何でもできる人が一人前の人間だなんて思ってしまったら大間違いや」。自分に力をつけて、人の力を借りないで生きるようになりたい、という意味での自立志向の裏側には、他者への不信感があるのではないか。信じられるのは自分だけ、というのでは寂しい。健常者たちが「一生懸命になって骨身を削ってやってる自立というのは、自立じゃなくて実は孤立」だったんだ、と。重症の身障者である宇都宮の生き方の中にこそ、自分を世界へとつなげることによって得られる本当の自立と自由を見た、と牧口は思った。

障害者、健常者を問わず、人は誰もみな、有限で無力な存在。いろいろな人々の手を借りながら生きている。自分にできないところを互いに補い合いながら生きるのが、家族や共同体の本来の意味だろう。世話したり、されたり。支え合い、励まし合い。「人はひとりでは生きられへんと、ぼくはほんとにそう思います。もし仮にスーパーマンみたいな奴がいたとしても、そんな人生、なんぼのもんでしょう。」

ここには、障害者に比べて、健常者の方が「自立」にとらわれて、かえって不自由になっていく事情が言い当てられている。そして、ハンディをもっているはずの身体障害者の方が、逆に、身体相互の縦横な「出会い」「交通」「共感」を通じて、より多くの自由を手にする可能性が示されてもいる。

愛もセックスもスローな方がいい

セックスはスローな方がいい。誰もがそう思っているようでありながら、そのことの意味をよく知っている人は多くない。そんな気がする。男性が長持ちする、つまり「早漏」とは逆に、射精に至るまでの時間が長いことが肝心なのだ、と雑誌メディアは言う。スロー・セックスをその程度の技術的な問題としか考えない人が多いのではないか。

相手との感情的な関係を疎ましく感じたり、「快感らしきものに巻き込まれることを負担に感じたり」（『悲鳴をあげる身体』）しながらも、セックスを「義務」のようなものとしてやりすごしていく。鷲田清一が言うように、こうした傾向が現代日本人の性愛に表れているとするなら、それはまさしくセックスのファスト・フード化だといえよう。

「ファスト・セックス」は三重の意味を孕んでいるだろう。まずそもそも性愛のための時間がなくなっていくこと。日本のいわゆるラブ・ホテルがセックスのために「二時間」限定で使用されるのは世界的にも珍しいこと。ましてこれを「休憩」と呼ぶのは、ぼくたちがいかに休息から縁遠くなりつつあるかを物語っているようでもあり、実にユーモラスだ。そのうち「休憩」も駐車と同様にメーター制になるかもしれない。

これと深く関係して、第二に、性や快楽の概念がますます小さく、狭くなっていること。性は器官的なものとなって、性行為そのもの、しかも性器の結合だけを意味することばになっていき、快楽もそれに従って技術的なコンセプトと化す傾向がある。現代日本の性愛が密室化し、孤立化して、日常的な人間関係をなめらかにしたり、しぐさや身ぶりの中の身体的接触《タッチング》を豊かにしたり、という本来の役割を果たさなくなっていることについては、すでに見たとおりだ。

そして第三に、性愛は若年層のもの、というイメージがつくり出されること。ある年齢以上の人（特に女性）のセクシャリティを、「いい歳をして」と揶揄したり、批判したりすることは昔からあるのだが、その年齢がますます低下してきているように思える。そして「早く通過するもの」としての性愛は、「加齢」や「老い」といった人生を通じてのスローで緩やかなプロセスと背反するものだと感じられるようになってきている。

六〇年代の「フリー・ラブ」や「セックス・レボルーション」の洗礼を受けたはずの我々の時代は、結局、こうした性の貧困に行き着いてしまったらしいのだ。そこにはさまざまな要因が複雑に絡んでおり、状況を改善する手だてが簡単に見つかるとも思えない。

それでもぼくは言っておきたいと思うのだ。ぼくたちの新しい時代の性革命はスロー・ラブとスロー・セックスを目指すものになるだろう、と。この革命の案内役には若者ではなく高齢者になってもらおう。もちろん、性愛を現在形で語ることのできる老人に。せわしない若年期の性とは違って、ゆっくりと味わい深い高齢期における性生活というものについて彼らから教えてもらうということもあるだろう。しかしもっとずっと大事なことは、人間が人生という長くスローなプロセスを通じて性《セクシャル》的な存在である、ということの意味を彼らととも に考え、それを自分の性生活に活かすことだ。

米国の性科学者で老年期の性についての権威であるルース・ウェッグは六五歳の時にこう語っていた。

「年齢は性的なエネルギーであるリビドーにほとんど関係ないのよ。だから年をとるとセックスの相手として不十分になるなんてこともないわけ。そりゃ、変化はある。二〇歳の時の自分と同じっていうわけにはいかないわ。男にとっても女にとっても、性的な興奮に達するまでにもっと時間がかかるようになる。もしかしたらリビドーの強度も昔ほどではないかもしれない。でもどちらにしても、変化は非常にゆっくりしたものよ。そして快楽という点ではまったく劣るところがない。性が生きていることを証し、祝うものだという点でも、ね。」(『アワ・フューチャー・セルブズ』)

終章　遅《スローネス》さとしての文化

学《がく》を為《な》せば日々《ひび》に益《ま》し、道《みち》を為《な》せば日々に損《そん》ず。
これを損じて又《ま》た損じ、以《もっ》て無為《むい》に至る。
無為にして為《な》さざるは無し。

（老子道徳経下篇より）

文化とは小さくて遅いもの

ぼくの専門は文化人類学。だからこの本は、ぼくなりの「人類学入門」だ、と言ってみたい気持ちはある。しかし、「入門」よりももっと使ってみたいことばは「出門」。世に人類学入門の類は少なくないが、「人類学出門」というのは聞かない。門から入るばかりで、外へ出ていくという話を聞かない。入りっぱなし。出口を示さないのは不親切ではないか。人類学者になりたい人にはそれでもいいのだろうが。

　ぼくが米国の大学院で文化人類学を専攻していた頃、「応用人類学」ということばが流行り始めていて、ぼくの同僚たちはこのことばを聞くだけでまゆをひそめたものだ。それは、すでに人類学が学生に大人気だった時代が過ぎて、せっかく人類学の学位をとっても大学に就職口がないという時代のこと。「応用」とは、大学以外で役に立つ、要するに「つぶしがきく」人類学ということだったろう。

　いまだ「純粋の学問」を志向する者にとって、これは不純に思えたろうし、左翼的な政治志向の強い者には政府や大企業にすり寄る体制的で右翼的なものと思えた。それでなくとも人類学者が多国籍企業に雇われて、調査がマーケティングの道具になるとか、軍やＣＩＡに雇われて、フィールドワークが一種のスパイ行為に堕している、とかという話はよく聞いた。そんなわけで、御多分にもれずこのぼくも「応用」アレルギーにかかっていて、人類学というものがどう現実社会におけるぼく自身の日常生活に「応用」されうるのか、といった当たり前であるはずの問いをすっかり忘れていた。「出口」があることを忘れていた、と言ってもいい。

　文化人類学の学位をとり、大学で教えるようになった。そして何年かたつうちに、予想していなかったことがふたつ起こった。ひとつは、教えることが楽しくなってきたこと。学生と一緒にいる時間も思ったよりずっと好きになれた。そうなると、人類学をどう語るかがいよいよ重要になってくる。そして、なるべく人類学の専門用語や独特の言い回しを使わずに、人に——そして結局は自分に向けて——人類学を語り直してみたい、と思うようになった。

もうひとつ、北米や南米での先住民族との出会いを通して、環境問題への関心が深まり、環境活動に熱心に取り組むようになったこと。文化人類学の諸問題より、環境問題の方が重要だと感じられ、学問よりは運動を優先したいという思いにかられた。

以来、文化と環境の関係について考えている。大学では三年前から「身体の文化人類学」という講義を始めた。そこでは身体を、自然と文化が絡み合い、反発し合い、融合する場として論じてきた。身体は最後の大自然だといえる。それは人間による自然征服の最後の戦場でもある。同時に自然と人間との和解へ向けた最後の対話のテーブル。最後ののぞみ。中でも食とか性といった自然の位相を日々生きることで、人は本来、誰もがエコロジストでナチュラリストであるはずなのだ。環境主義やエコロジーということばができるずっとずっと前から。

身体について考えていくことで、地球規模の環境破壊とそれに伴う人類生存の危機を、文化の危機としてとらえうることがわかる。もし自然破壊の問題が同時に文化破壊の問題であるなら、文化人類学が環境問題の解決のために果たしうる役割は極めて重要なものとなるだろう。

文化人類学を教えれば教えるほど、「文化人類学とは何か」がはっきりしなくなる。特に「文化」ということばが曲者《くせもの》だ。使っていても、どうもしっくりこない。消費文化、テレビ文化、ファスト・フード文化、若者文化、スポーツ文化、情報文化。何にでも文化ということばをつければそれで何かわかったような気分になるのだから便利ではある。しかし、結局は何のことだかよくわからない。大学では「人間文化」「国際文化」「環境文化」などという奇妙なことばも使われているが、多分そういうことばをつくった人にもその意味はよくわからないのではないか。

文化のグローバル化が言われている。文化はどれももともと地域的で、特定の生態系の中で育まれた土着《ヴァーナキュラー》的なものだ。そう人類学は教える。では、文化がグローバル化した時、その文化はまだ文化なのか？

カルチュラル・スタディーズなるものがある。直訳すれば文化研究だが、日本語に訳せないのか、訳したくないのか、他の多くのことばと同様カタカナのまま使われていることが多い。そこでは、「文化」ということばが人類学などにおける昔ながらの古い概念の枠をはるかにはみ出してしまったという状況を踏まえて、現実のさまざまな社会現象への新しい理解を目指しているらしい。では文化ということばはどうするのか。拡張するというやり方がありうる。現実に合うようにことばを再解釈するのだ。現実がより大きく、より速いのであれば、概念の方もより大きく、より速く。古い文化の定義のままでは、到底「消費文化」や「情報文化」といった現実にたちうちできない、というわけだ。

現実に合わせるこのやり方には確かに長所がありそうだ。しかし、この点でのぼく自身の態度はやや保守的で、文化の本質をその「小ささ」と「遅さ」によって定義したいと思う。ある特定のサイズやペースを超えた時から、ある文化を文化としてきた本質的な何かが、失われ、あるいは損なわれる。そんな時に至っては、それを文化と呼ばないことにしよう。ことばを拡張してまで現実に合わせることはせず、本来の「文化」に備わっているはずの「小ささ《スモールネス》」と「遅さ《スローネス》」に固執しよう。

均衡し、調節し、浄化するしくみとしての文化

「小ささとしての文化」についてはエルンスト・フリードリッヒ・シューマッハーが『ス

モール・イズ・ビューティフル』（一九七三）の中で語ったことが手がかりになる。

「もっと多く、もっと遠く、もっと早く、もっと豊かに」を合い言葉とした当時の経済至上主義や科学技術信仰を痛烈に批判したシューマッハーのことばは、今もほとんどそのまま、「グローバリズムという怪物」への批判として通用するだろう。シューマッハーは自分の学問であるはずの経済学についてこう言っていたのだった。もし経済学というものが、国民所得とか成長率とかいった抽象概念をいつまでも乗り越えることができず、また「貧困、挫折、疎外、絶望、社会秩序の分解、犯罪、現実逃避、ストレス、混雑、醜さ、そして精神の死というような現実の姿に触れないのであれば、そんな経済学は捨てて、新しく出直そうではないか」、と。

また彼は技術について、「より速く、より多く」の大量生産に奉仕する巨大技術ではなく、「大衆による生産」（マハトマ・ガンディー）に奉仕する民主的技術を提唱していたのだった。

「私は技術の発展に新しい方向を与え、技術を人間の真の必要物に立ち返らせることができると信じている。それは人間の背丈に合わせる方向でもある。人間は小さいものである。だからこそ、小さいことはすばらしい《スモール・イズ・ビューティフル》のである。」

人の身の丈にふさわしい適正なサイズ、規模というものがあるように、人が共に生きるコミュニティというものにも、それにふさわしい「小ささ」というものがあるだろう。「遅さ《スローネス》」としての文化」についても同様だ。人の身の丈にふさわしいスピードやペースがあるように、文化にはそれにふさわしい遅さがある。人と自然との関わりや、人と人との関わりには、適正なリズムや緩急というものがあるだろう。人の身体的なありようとか、社会的なあり方にもそれに適った時間の流れというものがある。

土壌、動植物、地形、気候。めぐり繰り返す季節。太陽、星、月の運行、潮の満ち干。そしてそこに人間たちの思考と行動が意味を、神話や祭や儀礼や踊りや歌として織り込んでいく。人間の共同体はそれぞれ独特の時間をもっている。それぞれの川筋に、それぞれの谷間に、独特の音楽性というものがあって、そこに住む人々を、他の人々から区別している。

シューマッハーは言う。技術は、人間がつくったものであるはずなのに、「独自の法則と原理で発展していく」、と。それは、自然界というものが成長や発展を「いつどこで止めるかを心得ている」のと対照的だ。

「自然界のすべてのものには、大きさ、早さ、力に限度がある。だから、人間もその一部である自然界には、均衡、調節、浄化の力が働いているのである。」

一方、「技術というものは、大きさ、早さ、力をみずから制御する原理を認めない」。だからそこには「均衡、調節、浄化の力が働かないのである。」

相変わらず「無限成長」の神話を生きているぼくたちの時代。シューマッハーの「技術」ということばを、「現代社会」とか、「経済」とかということばで置き換えてもそのまま通用しそうだ。

しかし、ここで重要なことは、多くの伝統社会がかつて、その大きさや速さや力の限度をわきまえていて、それはまるでそこに自然界と同様の均衡、調節、浄化の力が働いているかのようだった、ということ。ぼくは思うのだが、本来、文化とは社会の中にそうした「節度」を組み込むメカニズムなのではないか。不文律、道徳、礼儀、神話、長老の威厳に満ちたことば、お婆ちゃんの昔話、人々のふるまいや物腰。自ら均衡し、調節し、浄化する文化的なしくみ《メカニズム》。そのメカニズムが破綻し始めて久しい。そして無限に「より大きく、より早く、より強い」ことを求めつづける異様な社会が、まるで自然界を蝕むガン細胞のように繁殖している。

とすれば、自然環境の危機と我々が呼ぶものは、実は社会における文化的メカニズムの破綻——ある適正な小ささと遅さの喪失のことだった、といえるだろう。

だが、これらはみな人類学者にとっては常識に属することではなかったか。人類学者には常識であるはずのスモールネスとスローネス。それが一般の社会で、なぜこうも無視され、不振をかこっているのか。文化――その小ささと遅さ――をめぐる無力感は、一体どうしたことか。文化を――そしてそれを育み、養ってきたスローネスを――ぼくらはこのまま見捨ててしまうのか。「より大きく、より早く、より強い」の経済、貨幣、資本、技術の論理の前に、「グローバリズムという怪物」の前に、やすやすと屈してしまうのか。

伝統社会を美化し、その一面だけをロマンチックに描こうとしている、という批判を浴びることを覚悟の上で、ぼくは、社会の中にあってそれを支えていた節度のメカニズムとしての文化の喪失を憂えているのだ。過去へのノスタルジーだと揶揄されるだろう。しかし、母親の歌った子守歌の緩やかなリズムをからだが記憶するように、ぼくたちがなお文化の遅さと小ささを懐かしく思い出すことができるなら、それは幸いなことではないか。

引き算の練習をしよう

マスメディアは今、さかんに「スロー・ライフ」を演出している。「ゆっくり」、「ゆったり」、「のんびり」、「ゆとりある」、「のびのび」。そして「緑の」、「森に囲まれた」、「環境にやさしい」といった「エコロジカル・ライフ」のイメージの群れ。環境教育、エコ・ツーリズム、アウトドア、スロー・フードなどのコンセプトに飛びつく大企業。スローとエコの商品化。自動車産業はハイブリッド車を開発する一方で、ますます少人数化する家族に大型のRV車を売り込んでいる（「父ちゃんが立派に見える！」とテレビのCM）。騙されてはいけない。マスコミや大企業の言う「スロー・ライフ」を支えるのは、あいも変わらぬ大量生産、大量消費、大量廃棄の「ファスト・エコノミー」。アメリカ型の「ゆとりある郊外の暮らしと、週末のアウトドア・ライフ」を支えていくはずのものは、今をときめくブッシュ・ジュニアの「向こう二〇年間、毎週一つから二つの発電所建設」という計画だ。

これが、ぼくたちの時代の「文化《カルチャー》」なるものの寒々とした現状なのだ。ぼくたちに求められているのは、文化というものをもう一度、「外なるもの」として構想し直す力を取り戻すことではないか。国の内にあるように見えながら、国の成り立ちの外にもあるものとしての文化。資本制の中に取り込まれているように見えながら、同時に貨幣経済や自由競争主義の外にあるものとしての文化。国家や資本が規定する時間と空間の枠組みの外に立つものとしての文化。

今や、文化は主流からの逸脱としてしか想定できなくなっているのではないか？　とすれば文化人類学とは、逸脱についての研究といえるかもしれない。

主流社会に初めからプラグしていない者たち、そこからアンプラグした者、しつつある者たち。そのイメージとは、例えば、不登校、「落ちこぼれ」、脱サラ、障害者、ヒッピー、地方自治、地域通貨、コミュニティ・ガーデン、脱ダム、脱原発、草の根エネルギー運動や省エネ運動。今も世界に散在する先住諸民族。最後の移動型狩猟採集民族といわれるアマゾンやサラワクの民。そして過去から現在にかけて存在した多くの民族、部族、少数民族。これらはみなそれぞれに、「我らが逸脱」のヒントを与えるイメージの群れだ。

『経済成長がなければ私たちは豊かになれないのだろうか』という本で、ダグラス・ラミスは、二一世紀が始まった今も、相変わらず経済至上主義で消費の動向に一喜一憂している我々の姿を、タイタニック号の乗り組員に喩えている。氷山に向かって突き進んでいる船の中にあって、いずれ氷山にぶつかることはみんな知っているけれど、それが「現実的」なものと把握することがなかなかできない。「氷山にぶつかるぞ」と叫ぶ者がいれば、「またその話?」と揶揄され、「エンジンを止めろ」という者は非常識、非現実主義的だと相手にされない。そこではタイタニックというこの船だけが唯一の現実となっているわけだ。なぜエンジンを止められないかというと、「タイタニックという船は前へ進むようにできているわけで、前に進まなければみんなの仕事がなくなるし、どうすればいいか分からなくなる」。

前に進むということこそが「タイタニックの本質」だというわけだ。

前に進み続けるしかないというこの「タイタニック現実主義」が、事実、世界中で政治的な経済的な舵とりをやっている。そして「全速力！」という命令を出し続けている。「スピードを落とすな！」、「もっと速く！」と。

前に進むしかないという「進化主義」はひとつの宗教的狂信といっていい。このせいで、毎年少なくとも二万五千もの種が絶滅している。絶滅種が生態系に開けた穴を埋めるためにかかる生物進化の時間は少なくとも五百万年だそうだ。この気の遠くなるような遅さこそが進化の本質だともいえる。ぼくたちは人間の歴史を語るのに「進化」などということばを使うことを慎むべきだ。

「発展」とか「開発」とか「進歩」とかも実に危険なことばだ。人間はホモ・サピエンス、つまり知的動物として自分の行動の結果を予測できる能力に恵まれているものとされる。しかし、二〇世紀の科学技術の歴史を見れば、新しい技術の発明がどのような結果を引き起こすかについて、我々がいかにおそまつな予測能力しかもちえないかは明らかだ。伝統的社会における生活の技術《アート》の歴史というものは、何百年、何千年というスローな試行錯誤のプロセスの中でゆっくりと慎重に磨きあげられたもの。その遅さとは文化の本質に根ざす遅さだ。

それでもラミスは「発展」とか「進歩」とかという厄介なことばを投げ捨ててしまわない。そのかわりに、それらを一応認めた上で、これまでの「発展」に対して「対抗発展」、「足し算の進歩」のかわりに「引き算の進歩」を提唱している。

例えば技術における「進歩」。我々は機械技術にますます依存し、従属するようになって、その結果人間としての能力は萎縮し、人間同士の関係や自然との関わりはより狭く浅く窮屈なものになっている。この機械がないとこれができない、あの機械がないとあれができない、というふうに。そこで物を少しずつ減らして、そのかわり、物がなくても平気な人間になったらどうだろう、とラミスは言う。人間の能力のかわりをする機械を減らして、人間の能力を伸ばすような道具を増やす。テレビをつけて「文化」を見るのではなく、自分の家で文化を創る。本来の意味における文化——自前で生きていることを楽しむ能力——を取り戻すのだ、と。

生活の簡素化とか節約という引き算は、経済成長という足し算に慣れきっている者には消極的で後ろ向きな感じがするかもしれない。でもラミスにとって、それは人間にとって本来の快楽や豊かさを目指す、積極的で前向きな考え方だ。彼はまた「時は金なり」をひっくり返して「金は時なり」にすることを提案する。つまり時間をどんどん換金するようなこれまでの生き方をやめにして、金を減らしてでもゆったりとした人間らしい時間を取り戻そう、と。

確かに、人間らしい時間、ペースというものがあるはずだ。それは本来ゆったりとしたもののはず。そんな時間のことを文化というのではないだろうか。

広告を批評し、風刺するカナダの「アドバスター」誌のスローガンに「経済学者は引き算を習え」というのがあるが、人類学者も引き算の練習をした方がよさそうだ。いや我々「先進国」の現代人の誰もが。アメリカの作家ウェンデル・ベリーは言う。まるで、遺伝学的異変によって誰もが引き算する能力を奪われてしまったかのようだ、と。

引き算の練習。長田弘の「詩人の死」という詩の中にこうある。「何をしたか、ではない。ひとは何をしなかったか、だ」。作家のサン＝テグジュペリはこう言ったそうだ。「完璧さとは、つけ加えるものが何もない状態というよりはむしろ、とり去るものがもう何もないという状態のことだ」と。環境活動家でエンジニアのダグラス・ファーはぼくに「ナッシング・イズ・ワース・イット」という二重の意味をもつ英語の表現を教えてくれた。「価値あるものなんて何ひとつない」という否定的でニヒリズム的な意味の裏側には、「何もないということにこそ価値がある」という肯定的な意味が潜んでいるのだった。シューマッハーは

『スモール・イズ・ビューティフル』の中で、より少ない消費でより大きな満足を得るというのが本当の経済学だ、と述べていた。そして、減らしに減らしていって、ついに無為という自由の境地に至るのだとする老子。

現代科学は土着の知を再評価する

カナダの生物学者でその環境活動で世界的に知られるデヴィッド・スズキは、『聖《セイクリッド》なる均衡《バランス》』という本で科学技術における「引き算」を提唱した。彼は、科学技術文明を支えてきた機械的で合理主義的な世界観が行き詰まった今、それにかわる「物語」の創造が待望されている、と言い、もう一度原点に戻ってみよう、と読者に呼びかけている。誰もがこれだけは共有できるという基本的な認識とは何だろう。そこから考え直してみよう、というわけだ。

スズキの本は、まず我々人間が生き物であり、動物であり、哺乳類であり、空気、水、土、太陽エネルギーという要素なしに生きていけない存在だということの意味を現代科学がどうとらえているかを紹介していく。

空気、水、土、火（日）とは、我々にとってかけがえのないもの。しかしそれは単なる「もの」とは異なって、我々の存在と不可分だ。どこまでが空気（水、土、エネルギー）でどこからが自分かといった境界はない。いわば空気（水、土、エネルギー）は自分という存在と融合している。その意味で「水は私だ」、「ぼくは大地だ」といった言い方は単なる喩えでも詩的感傷でもない。

現代科学が切り開きつつあるこうした世界観は、しかし、ギリシャ神話をはじめ、世界中のさまざまな伝統文化に広く、長く共有されたものとよく似ている。スズキによれば、現代における最も先鋭な科学は、むしろ伝統文化にあった土着の知《ネイティブ・ウイズダム》を再評価し、その正当性を証しだてる役割さえ果たし始めている。

空気、水、土、太陽エネルギーについて論じた後、スズキは人間というものが、これら四要素だけでは生きることのできない「社会的動物」であることの生物学的な意味について語る。かつて人類学者アシュレー・モンタギュの研究が明らかにしたように、人が「愛なしに生きられない」というのは、決して文学的なセンチメンタリズムではなく、生物学的な事実であり、人の人たる所以でもある。

一九八九年まで続いた専制時代のルーマニアでは、国の見境ない人口増加政策の結果、施設に収容された子どもの数が三〇万にものぼったといわれる。ある研究によれば、最後の数年は毎年収容者の三分の一ずつが死んでいったという。一応の衣・食・住を与えられていた子どもたちの間に起こっていた大量死の原因は何か。それはひとことで言えば、愛の欠落だった、と研究者たちは考えている。

空気、水、土、火、そして愛。自分たちの存在と不可分でかけがえのないもの。それをよごさない、けがさない、冒瀆しない。それらを「聖なるもの」としてあがめる。ここにこそ本来の宗教の、道徳の、政治の原点があるのではないか、とスズキは言う。ここにこそ文化というものの本質と、人間の最深の知恵があるのではないか。こうして彼は、いのちと、それが拠ってたつすべてを聖なるものとする「物語」の再生と創造を提唱する。

それぞれの場所で、地域で、育まれた均衡・調整・浄化のメカニズムとしての文化は、しかし近代化の中で傷つき、今グローバル化の中で死に瀕しているように見える。「癒し《ヒーリング》」などということばの流行が、そんな文化的な危機の深刻さを物語っているようでもある。

癒し《ヒーリング》。それを可能にするものは愛だけだ。少し照れくさいが、やはりぼくはそう言うしかないだろう。そして、愛はスローだ、とも。愛は時間と手間がかかるもの、時間と手間がかかるから愛。ほんの一〇年少し前までルーマニアで行われていたのは、効率的に、子どもを集合的に社会化する、子育てと教育における「大量生産」の実験だった、と見ることができる。そもそも民衆を労働力としてしか見ない冷酷な権力者や支配者にとっては、ひとりひとりの子どもが、家庭の中で、共同体の中で、愛情を込めて、ゆっくりと、「手塩にかけて」育てられるなどというのは、非効率の極みだと思われる。子どもをそうした場所から引き剝がし、ひと握りの「育児工学」の専門家たちと一群のロボットによって管理運営される学校や施設に収容して、工業製品のように「より早くより多く」生産した方がいい、と。

だが、育児、社会化、教育などはすべてスローでゆっくりしたプロセスだ。それもただ「時間がかかる」という意味においてスローなのではない。愛とは、遅さそのものが本質的であって、時間を省いたり、スピードアップしたり、効率化することが、そのものの中身を損なわずにはおかないといった、非妥協的なプロセスなのだ。

スロー・ノレッジ――留まる者の「遅恵」

最首悟の『星子が居る』を読む。一冊の本の中に流れる時間が、こんなにスローに感じられたことはない。穏やかに過ぎていく心地よい時間だ。ゆっくり読みたい、ゆっくり読むしかない。ヴォルフガング・ザックスの「動くこと《ムーヴィング》」と「留まること《ステイング》」ということばを使って言えば、それは、主に「留まること」についての、そして、少しだけ「動くこと」についての本だ。

それは重複障害者で知恵遅れである星子の二〇年にわたる生い立ちの記録。そして父である最首をはじめとする家族の「共生」の遅々とした旅のクロニクル。

ザックスが言うように、ぼくたちの時代は「動くこと」にとり憑かれた時代だ。「留まること」の価値は地に堕ちたかに見える。「共生」ということばは濫用されて今では陳腐に聞こえるが、本来、「共に生きる」とは、「留まること」に関わる技術《アート》であり、知恵であるはずだ。動けば動くほど「共に生きること」は難しくなる。「留まること」は時間がかかる。「共に生きること」はもっと時間がかかる。

もちろん、ぼくたちはただ留まっているわけにもいくまい。星子もゆっくりと動いている。ぼくたちもその遅さを身につけながら動く。共に生きながら動く。

スローという英語には、例えばスロー・ウィッティド（ばか）というように、「頭が悪い」とか「知恵遅れ」とかの意味もある。ぼくはこれをもじって「スロー・ノレッジ」という言い方をしたい。そしてこの「スローな知恵」は優れた知恵のひとつのあり方なのだ、と言いたい。それは、速さと効率性と量と機動性ばかりを競うような軽薄な知の対極にあるもの――大地に深く根を張って、ゆったりとした時間の中で熟成する上品な味わいの知だ。第一、遅いのが劣っていると、誰がいつ証明したのだろう？　日本語で言う「知恵遅れ」とは、そのスロー・ノレッジの一種と言えるかもしれない。ぼくはスロー・ノレッジに「遅恵」ということばをあててみる。

ウェンデル・ベリーによれば、我々の知には「新しさ《イノヴェーション》」を追求するものと、「親しさ《ファミリアリティ》」を基礎とするものとがある。前者が「今どこにいないか」に興味をもち、まだ見ぬ場所を発見（？）したいと望むのに対して、後者は「今どこにいるか」に興味をもち、今いる場所を知ろうとする。このうちの第一のタイプの知のみを偏重してきたのが我々の科学技術文明の時代だった、とベリーは嘆く。確かにぼくたちは「革新性」なるものに幻惑されて、文化がかつて育んだ「留まる者の遅恵」を忘れていたようだ。

「いのちある限り、親しさに基づく知の広がりと深さに限界はない。経験というものの無限性は、新しさの中にではなく親しさの中にこそある。」（ウェンデル・ベリー『ライフ・イズ・ア・ミラクル』）

引き算の最後に、人はこう自問しなければなるまい。

なぜわれわれは、じぶんのでない

人生を忙しく生きなければならないか？
ゆっくりと生きなくてはいけない。
空が言った。木が言った。風も言った。

（長田弘「人生の短さとゆたかさ」より）

引用・参考文献

第1章

「朝日新聞」二〇〇一年二月二七日夕刊「窓」欄

Donella Meadows, "Not So Fast" in *Resurgence*, No.184

ドネラ・H・メドウズ他『成長の限界』(大来佐武郎監訳、ダイヤモンド社)

ドネラ・H・メドウズ他『限界を超えて』(茅陽一監訳、ダイヤモンド社)

『パパラギ——はじめて文明を見た南海の酋長ツイアビの演説集』(岡崎照男訳、立風書房)

ミヒャエル・エンデ『モモ』(大島かおり訳、岩波書店)

川口由一『妙なる畑に立ちて』(野草社)

川口由一『自然農から農を超えて』(カタツムリ社)

川口由一、鳥山敏子『自然農——川口由一の世界』(晩成書房)

ダニエル・クイン『イシュマエル』(小林加奈子訳、ヴォイス)

Wendell Berry, *Life Is a Miracle: An Essay against Modern Superstition* (Washington DC: Counterpoint, 2000)

山尾三省『屋久島の森のメッセージ』(大和出版)

第二章

長田弘『食卓一期一会』（晶文社）
大谷ゆみこ『未来食』（メタ・ブレーン）
大谷ゆみこ『雑穀つぶつぶクッキング』（創森社）
G・リッツア『マクドナルド化する社会』（正岡寛司監訳、早稲田大学出版部）
「ハンバーガーは世界の敵か」（『ニューズウィーク日本版』二〇〇一年三月七日号）
New Road Map Foundation and Northwest Environment Watch, *All Consuming Passion* (Third Edition, 1998)
島村菜津『スローフードな人生！——イタリアの食卓から始まる』（新潮社）
I・イリイチ『コンヴィヴィアリティのための道具』（渡辺京二他訳、日本エディタースクール出版部）
Donella Meadows and Hal Hamilton, "The World Is Not for Sale" in *Resurgence*, No. 203
島村菜津「スローということばに秘められた壮大なる夢」（『ソトコト』第一七号、二〇〇〇年一一月）
J・ボヴェ、F・デュフール『地球は売り物じゃない——ジャンクフードと闘う農民たち』（新谷淳一訳、紀伊國屋書店）
ナオミ・クライン『ブランドなんか、いらない』（松島聖子訳、はまの出版）

第三章

『パパラギ——はじめて文明を見た南海の酋長ツイアビの演説集』(岡崎照男訳、立風書房)
I・イリイチ『生きる思想』(新版、桜井直文監訳、藤原書店)
「ランドサットから長野に降り立ったエコロジカル・デザイナー——ダグラス・ファー」(「ビオシティ」第一四号、一九九八年)
大岩剛一「藁の家の宇宙」(『草のちから、藁の家』、INAX出版)
大岩剛一「藁の家とスロー・デザイン」(「マスコミ市民」第三八六号)

第四章

Paul Hawken, "Gold in the Shadow" in *Resurgence*, No. 201
藤田紘一郎『共生の意味論』(講談社ブルーバックス)
藤村靖之「地球のゆく果て」(「エコロジーの風」第六号)
T・コルボーン、D・ダマノスキ、J・P・マイヤーズ『奪われし未来』(長尾力他訳、翔泳社)
カール゠ヘンリク・ロベール『ナチュラル・ステップ』(市河俊男訳、新評論)
ポール・ホーケン『サステナビリティ革命』(靍田栄作訳、ジャパンタイムズ)
ポール・ホーケン『ネクスト・エコノミー——情報経済の時代』(斎藤精一郎訳、TBSブリタニカ)
山口昭『もったいない——常識への謀叛』(ダイヤモンド社)

赤池学、金谷年展『世界でいちばん住みたい家』（TBSブリタニカ）
中村隆市「ナマケモノ流・脱原発と非電化運動」（「マスコミ市民」第三八八号）
ダグラス・ラミス『経済成長がなければ私たちは豊かになれないのだろうか』（平凡社）
岡部一明『インターネット市民革命』（御茶の水書房）

第五章

ミヒャエル・エンデ『モモ』（大島かおり訳、岩波書店）
見田宗介『現代社会の理論』（岩波新書）
ヴォルフガング・ザックス『自動車への愛——二十世紀の願望の歴史』（土合文夫他訳、藤原書店）
ヴォルフガング・ザックス編『脱「開発」の時代』（三浦清隆他訳、晶文社）
Wolfgang Sachs, "The Speed Merchants" in *Kyoto Journal*, No. 42
New Road Map Foundation and Northwest Environment Watch, *All Consuming Passion* (Third Edition, 1998)
ナナオ・サカキ、詩集『ココペリ』（スタジオ・リーフ）

第六章

『パパラギ——はじめて文明を見た南海の酋長ツイアビの演説集』（岡崎照男訳、立風書房）

P・ラファルグ『怠ける権利』(田淵晋也訳、人文書院)
バートランド・ラッセル『怠惰への讃歌』(堀秀彦、柿村峻訳、角川文庫)
『宇治拾遺物語・お伽草子』(『日本古典文学全集』第一八巻、筑摩書房)
多田道太郎「物くさ太郎の空想力」(『物くさ太郎の空想力』、角川文庫)
多田道太郎「怠惰の思想」(『物くさ太郎の空想力』、角川文庫)
佐竹昭広『下剋上の文学』(ちくま学芸文庫)
小倉利丸『搾取される身体性――労働神話からの離脱』(青弓社)
M・D・サーリンズ『石器時代の経済学』(山内昶訳、法政大学出版局)
ヨハン・ホイジンガ『ホモ・ルーデンス』(高橋英夫訳、中公文庫)
ロジェ・カイヨワ『遊びと人間』(多田道太郎、塚崎幹夫訳、講談社学術文庫)
Michael Leunig, "Learn to Rest" in *Resurgence*, No. 202
Satish Kumar, "Declaration of Dependence" in *Resurgence*, No. 203

第七章

山尾三省『屋久島の森のメッセージ』(大和出版)
ミヒャエル・エンデ『モモ』(大島かおり訳、岩波書店)
赤木昭夫「時間認識の歴史」(「グラフィケーション」二〇〇〇年一二月号)

福岡正信「藁の家によせる」(『草のちから、藁の家』、ＩＮＡＸ出版)
本川達雄『ゾウの時間 ネズミの時間——サイズの生物学』(中公新書)
本川達雄「時間の見方、変える時」(「日本経済新聞」二〇〇〇年八月二二日)
本川達雄『ナマケモノの不思議な生きる術』(講談社＋α文庫)
鶴見俊輔他『神話的時間』(熊本子どもの本の研究会)
中村雄二郎、布施英利「対談：自然の時間・人工の時間」(「グラフィケーション」二〇〇〇年一二月号)
藤岡亜美「アマンタニ島のスローフード」(「ナマケモノ倶楽部」ホームページ)
Jay Griffiths, "Local Time" in *Resurgence*, No. 199

第八章

乙武洋匡『五体不満足』(講談社)
ホーキング青山『笑え！五体不満足』(フーコー)
福田稔「『おっと、と、どっと』ごくろうさん。」(「読書会通信」第一三四号、第一三七号)
松兼功『ショウガイ ノ チカラ』(中央法規)
最首悟『星子が居る』(世織書房)

第九章

アレックス・カー『美しき日本の残像』（朝日文庫）
ピーター・バーグ『ピーター・バーグとバイオリージョナリズム』（井上有一編訳、グローバル環境文化研究所）
Freeman House, *Totem Salmon : Life Lessons from Another Species* (Boston : Beacon Press, 1999)
I・イリイチ『生きる思想』（新版、桜井直文監訳、藤原書店）
ダグラス・ラミス『経済成長がなければ私たちは豊かになれないのだろうか』（平凡社）
赤池学、金谷年展『世界でいちばん住みたい家』（ＴＢＳブリタニカ）

第十章

谷川俊太郎『空に小鳥がいなくなった日』（サンリオ出版）
アンソニー・シノット『ボディ・ソシアル――身体と感覚の社会学』（高橋勇夫訳、筑摩書房）
鷲田清一『じぶん・この不思議な存在』（講談社現代新書）
鷲田清一『悲鳴をあげる身体』（ＰＨＰ新書）
藤田紘一郎『共生の意味論』（講談社ブルーバックス）
デズモンド・モリス『ボディウォッチング』（藤田統訳、小学館ライブラリー）

岸田秀『ものぐさ精神分析』（中公文庫）
緒方正人、辻信一『常世の舟を漕ぎて――水俣病私史』（世織書房）
清水満『共感する心、表現する身体』（新評論）
牧口一二『何が不自由で、どちらが自由か』（河合ブックレット）
Merrily Weisbord, *Our Future Selves : Love, Life, Sex, and Aging* (Toronto : Random House, 1991)
メリリー・ワイズボード『わたしは老いる……あなたは？――愛、セックスそして生命』（辻信一訳、新宿書房）

終章

『老子――無知無欲のすすめ』（金谷治編訳、講談社学術文庫）
E・F・シューマッハー『スモール・イズ・ビューティフル』（小島慶三・酒井懋訳、講談社学術文庫）
デビッド・コーテン『グローバル経済という怪物』（西川潤監訳、シュプリンガー・フェアラーク東京）
ダグラス・ラミス『経済成長がなければ私たちは豊かになれないのだろうか』（平凡社）
長田弘『世界は一冊の本』（晶文社）
最首悟『星子が居る』（世織書房）
David Suzuki, *The Sacred Balance* (Vancouver : Greystone Books, 1997)

デイヴィッド・T・スズキ『生命の聖なるバランス——地球と人間の新しい絆のために』（柴田譲治訳、日本教文社）
Joe Dominguez and Vicki Robin, *Your Money or Your Life* (New York : Penguin Books, 1992)
Wendell Berry, *Life Is a Miracle : An Essay against Modern Superstition* (Washington DC : Counterpoint, 2000)

あとがき

あれは確か一九八〇年。ぼくはモントリオールという街に暮らしていました。ある人に一編の詩を紹介していただきました。
それは長田弘の「ふろふきの食べかた」という詩です。当時ぼくは自炊していたし、レストランで働いてもいたので、食べ物の、しかもその食べ方についての詩はうってつけでした。

そうして、深い鍋に放りこむ。
底に夢を敷いておいて、
冷たい水をかぶるくらい差して、
弱火でコトコト煮込んでゆく。
自分の一日をやわらかに
静かに熱く煮込んでゆくんだ。

こころさむい時代だからなあ。
自分の手で、自分の
一日をふろふきにして
熱く香ばしくして食べたいんだ。
熱い器でゆず味噌で
ふうふういって。

この詩はぼくを幸せで豊かで暖かな気分にしました。モントリオールの冬は長く厳しかったし、確かにぼくは貧乏でしたが、別に不幸せだったわけではありません。異国でのひとり暮らしを淋しいと思ったこともありません。ただ、この詩には、ぼくがいつのまにか失っていて、それと気づかずにいた、ある感情を思い出させてくれる力がありました。

その感情とは何だったか。多分それは、子どもの時のぼくをつつんでいたはずの歓び——この自分をまるごと、今あるがままに受け入れることのできる幸せ。今はまだない未来の自分ではなく、今の自分の、今この時を抱きしめることの歓び。思えばあの時、『スロー・イズ・ビューティフル』という本の種が蒔《ま》かれたのかもしれません。

その種が長い年月を経てやがて発芽します。それは環境運動のために通っていた中南米の森林でのミツユビナマケモノとの出会い。この、世にもすてきな動物にいざなわれるようにして、ぼくは人間における低エネルギー・共生・循環型・平和非暴力のスローでビューティフルなライフスタイルを模索することになりました。

カナダの先住民族ハイダの友人たちと過ごしたハイダ・グワイ（クイーン・シャーロット諸島）の原生林での悠久の時間。美しく老いてゆく母や、ふたりの幼いわが子との神話的な時間。こうした時間に恵まれて、ぼくの内なる「スロー・イズ・ビューティフル」は育ちました。

それでもなお多くの出会いを栄養とすることなしに、この本は実を結びはしなかったでしょう。それらの出会いのひとつひとつをなぞってはそっと感謝しているところです。

身体論の本を、と平凡社の直井祐二さんに勧められてから三年、ゆっくりと曲線を描きながら、最初の計画とはちょっと趣きの違う本ができようとしています。思慮深く辛抱強い彼のスローな波長と、どちらかといえば考えたり書いたりすることについて怠惰なぼくの波長がうまい具合に響き合ったという気がします。辛抱強いといえば、ぼくの職場である明治学院大学国際学部の教職員は、このぐうたらな同僚に対して、学生諸君は、注文の多いこの教師に対して、驚くほどの寛容さで接し続けてくれます。

さて、こうしてできたこの本を、アンニャ・ライトと中村隆市をはじめとする「ナマケモノ倶楽部」の仲間たちに捧げます。たくさんのスロー・ラブをこめて！

Love, Peace and Life

二〇〇一年盛夏

辻 信一

平凡社ライブラリー版　あとがき

みんなは特急列車に乗りこむけど、いまではもう、なにをさがしているのか、わからなくなってる。

（サン＝テグジュペリ『星の王子さま』より）

『スロー・イズ・ビューティフル』の単行本ができあがってきたのは、あの九・一一事件とほぼ同じ頃だった。そのことはぼくにとって単なる偶然以上の意味をもっている。その時、ぼくは南米のエクアドルにいてすでに三週間近くを過ごしていたが、事件後飛行機が不通になったため、さらに八日間足留めをくった。仕方なく、昼は森を散策してハチドリを観察し、夜は宿でCNNのニュースを見るという日々を送った。いわば極限的な平和と暴力の間を行ったり来たりしながら、ぼくは自分のうちでどんなふうにして両方の時間の間に折り合いをつけていたのだったか。あの国でも、事件の重大さを疑う人はいなかったと思う。しかし、激情に駆られている人にはひとりも出会わなかった。みな静かにゆっくりと、憎しみにおおわれた世界を憂い、悲しんでいるという様子だった。

友人がスペイン語のことわざを教えてくれたのはそんな時だ。

アンダ・デスパシオ・イ・ジェガラス・レホス（ゆっくり歩けば遠くまで行ける）

エクアドルから戻ったぼくを刊行されたばかりの本が待っていてくれた。その本の題名にもなったスローという言葉はいきなり九・一一後の世界に投げ込まれたわけだ。そのめぐり合わせをぼくは大事にしたいと思ってきたし、今も思っている。そして、暗澹とした世界から目をそむけることなく、しかしその一方で、「遅れていること」や「ゆっくりであること」や「がんばらないこと」が湛えている豊かな意味へと、何度でも、何度でも帰っていきたいと思う。

二〇〇四年春

辻 信一

解説——「スロー」の足音——鶴見俊輔氏を訪ねて

藤岡亜美

忘れられない味に出会ったのは、二〇〇四年の京都。大好きな本のあとがきにある「ふろふきの詩」を携えて、哲学者の鶴見俊輔さんをお訪ねした。

二〇〇一年九月一一日、ニューヨークのグラウンド・ゼロでのテロ事件の二週間後に、『スロー・イズ・ビューティフル』は出版された。鶴見さんは、著者辻信一さんとの対談の中で、同時多発テロをみて「バベルの塔」を思い出し、「ミレニアム（千年紀）」ということばが、初めて生きた言葉と感じられたと語った。石の代わりにレンガをつくり、漆喰の代わりにアスファルトを手に入れた人類が、この百数十年というわずかな間に作り上げてしまった天まで届く塔を前に、人々はふと立ち止まり、この本を足元に見つけた。「全人類に読ませたい本」と、ジャーナリストの本多勝一さんはいい、「そっと懐の中に入れておきたい小さく美しい本」とヨーロッパ思想史家の清水満さんは丁寧に形容した。音楽家の坂本龍一さんが、「知己の友を得た気がした」と言ったように、読者の多くが、「だから生きにくかったんだ」、「こういう答えが欲しかった」、「自分はこれで良かったんだ」と、この本に親しみを感じた。

二〇〇四年春、リュックサックに『スロー・イズ・ビューティフル』を入れて、東京から京都行きの新幹線にのる。一冊にこめられた、ヒントやアイデア、豊かで多様な世界観が、背中から私をワクワクさせる。（辻さんが、中村隆市さんと環境NGOナマケモノ倶楽部について話し合うなかで、「スロー・イズ・ビューティフル」という言い回しを思いついたのはなんと新幹線の中だったとか。）辻さんが本の最初に、「そのもの本来のあり方を、遠慮がちにではなく、といってことさら誇るのでもなく、他を否定するのでもなく、他との優劣を競うこともなく、ありのままに認め、受け入れ、抱擁すること」と定義したように、Beautiful――今ここにいる自分を丸ごとだきしめる態度から、「遅さとしての文化」を掘り起こす試みが始まった。食生活、地方自治体、青年会議所、広告の世界まで「スロー」ムーヴメントが起こり、辻さんは、日本の各地を講演してまわった。生態系の保全、地域文化の掘り起こし、社会的起業といった様々な取り組みが始まり、その一つ一つに「スロー」という言葉が息を吹き込んだ。それは同時に、「遅さとしての自分」を掘り起こす試みでもあった。様々な土地で環境活動をする人や、自分なりのライフスタイルを模索する若者たちと、「スロー・イズ・ビューティフル」がこんなにも響きあうのは、一体どうしてだろうか。

「二〇年、彼はスローなんですよ。そのことが重大なんです」。七〇年安保の学生運動を経て、東京から京都へ、そしてアメリカ、カナダと大陸を放浪。その間、辻さんは、バーテンダー、カジノのボーイ、トラックの運転手、引っ越し屋、路上でのTシャツ販売と、様々な仕事をして暮らしをたてた。一九八〇年、カナダのモントリオールのマッギル大学在学中に、客員教員をしていた鶴見俊輔さんと出会う。狭くて古い廊下をギシギシ鳴らしながら研究室に向かって歩いてくる足音に混じって、日本語が聞こえた。「中国系カナダ人だと思っていたあの男は、日本人だったのか」と気づく。

「食べ物の美味いとまずいを感じるのは、舌の中の味蕾の数ではないね、気分の問題。何を食べるかより、誰と食べるかだと、ブリア・サヴァランが『美味礼讃』でいうことは確かに当たっているんだ」。鶴見さんは、ハーヴァード大学在学中に大戦が始まり、牢屋に入れられたときの食事の美味しかったことを話してくれた。イタリア人のコックが作った、様々な形と舌触りのスパゲティーやマカロニ。「囚人って結構いいやつなんだよ」。愉快で重大な体験だったというそれは、「学生さん」と呼ばれ、ヤクザや泥棒と親しくなって話を聞き、「マルクス」よりも、ブラック・ミュージックとコーヒーが恋しかったという日本の「ブタ箱」での辻さんの体験にも似ている。

『ブラック・ミュージックさえあれば』のあとがきに垣間見ることができるのだが、二人は連れだってリチャード・プライヤーのコンサート映画を見に行き、帰りにハチミツのデザートを食べながら、社会の主流を笑い飛ばすような波長が日本でも生まれる日の夢を語り合っている。辻さんは、愉快な対話の時間を求めて、研究室だけでなく、鶴見さんの自宅にも通うようになり、家族ぐるみのつきあいになった。あるとき鶴見さんは、レストランで働いていた辻さんに、ふろふき大根の食べ方についての詩をコピーして贈る。それは、雑誌『婦人の友』に、長田弘さんが料理をテーマにして連載していた中の作品だった。その詩に、スローの哲学があった。

つまり「自分はこういうふうに生きたい」ということだと、鶴見さんは話す。「彼の学問の中心は、自分はどう生きたいかということを軸にして編まれている。そこに、思想よりも重要な「態度」がある。その先で人類学をやれば、当然「ひねり」がある（そして、空手の学生チャンピオンになったくらいの「気合い」もある）。いくつもの「今ここ」から、日本、カナダ、アメリカ社会とのかかわりが全部でてくるように編まれたスロー・スタディは同時に、国家につくられていない思想のかたちでもある」。辻さんの存在が、今の大学教授の学問で、「自分はこういうふうに生きたい」ということを中心に自分の学問を編んでいる人が他にいるだろうか、と問い返す拠点になっていることも、鶴見さんは指摘する。

辻さんは、鶴見さんの日本研究の授業の中で、「リディレクション」と訳された転向論に出会う。そのときの体験を辻さんは「ふと身体が軽くなった感じ」と話す。そこが、『スロー・イズ・ビューティフル』における読者の受け取り方と、とても似ているように私には思える。

「そこにはもう、「転向」という日本語にそれまで絡みついていた罪の意識や重苦しさはなかった。「へーえ、そんなんでいいんだ」と、ぼくは拍子抜けしながら、しかし、この「リディレクション」という新しいことばの方から吹いてくるすがすがしい風を確かに体に感じ

ていた。」(『ピースローソク』ゆっくり堂)

辻さんは、自らが経験し背負ってきた問題意識と、海外での暮らしの感覚をすりよせ、「身体」から出発した思想として、「からだの転向」論を展開した。国境を超えて異なる文化に身を置くひとつの身体という体験、押し付けられた文化の枠組みの中で生きる黒人や移民、同化や差別に抵抗する先住民族の観点から、日本の歴史に重苦しくのしかかった「転向」という問題への一つの視点を手繰りよせた。

この延長線上にあって、『スロー・イズ・ビューティフル』の大きな功績は、この本が身体論の本の企画として始まり、これまで一緒に語られることのなかった「身体障害の問題」と「環境問題」をつないだ点にある。特に「ぼくたちはなぜ頑張らなくてはいけないのか?」の章では障害者の視点から、私たちを生きにくくしている「身体」と「時間」の枠組みを紐解き、「スロー・ボディ、スロー・ラブ」の章では、「自立」ということを疑い、生きることだけに留まらない、「生かす」、「生かされる」というつながりについて踏み込んでゆく。

国連の機関（ＩＰＣＣ）の最新報告では、今後一〇〇年で、最大五・八度の気温上昇、五〇年前に比べて約一〇倍以上の気温上昇が予測されている。世界中では毎年、四国の一〇倍の面積の森林が消滅している。このままの勢いで減少していけば、世界の森林面積は、陸地面積の五分の一から六分の一以下に減少してしまうという。また、人間の行為によって、今世紀中に地球上の生物の三分の二または半分が絶滅するともいう。アメリカは京都議定書から離脱、ヨハネスブルクの「環境開発サミット」にブッシュ大統領は不参加。「日本は？」と言えば、再生可能エネルギー導入の目標値を設定しようというＥＵ諸国の提案にアメリカと一緒に反対。「環境の危機は、文化の危機である」とは、日本を代表する環境運動家でもある辻さんの、最大の問題意識である。経済のタイムフレームが、自然環境のみならず文化を破壊している。そしてその関係は表裏一体である。自然と人、人と人とのつながりにあるスローな時間を、文化の側から取り戻すとはどういうことか。

『スロー・イズ・ビューティフル』出版の半年前、辻さんと当時ゼミ生だった私たちは、オーナーの吉岡淳さんと共にストローベイルの壁と、オーガニック・コーヒーの喫茶店「カフェスロー」を作った。ちょうど店ができたばかりの頃、カナダやオーストラリアから、インターネットを介して、「電気を消そう」というメールが流れてきた。ブッシュ政権の原子力政策に抗議して、夏至の日の二〇時から二時間の間、思い思いに自主停電をして過ごし、世界中で経度から経度へ暗闇をリレーしようというアイデアだった。このからっぽな空間のリレーは三年後の今も続き、「一〇〇〇〇〇人のキャンドルナイト」運動として広がりをもち、枝廣淳子さんや、藤田和芳さんらと共に展開されている。その取り組みの中で、辻さんは以下のように言っている。

「テレビをつけっ放しにして食事する日本人が多い。それが日本の文化度の低さを物語っている。電気を消してローソクの火で食事をしてみよう。ただこれだけの行為の中に、輪になる、共に食う、火を囲む、という三つが同時に実現されている。ぼくたちは蛍光灯の明るさの下に自由や幸せを求めてきたらしい。「向こう二〇年間、毎週ひとつかふたつの発電所建設」によってのみ、経済の成長と繁栄は保証されるとするブッシュ大統領ではないが、電気の消費量が多ければ多いほど、夜が明るければ明るいほど、その社会は豊かで進んでいる、という奇妙な思い込みに我々は囚われていたようなのだ。しかし、金儲けのためには、戦争をしたり、自分たちの命を支えている生態系を壊してても仕方がない、などという経済は果たして経済と呼びうるのだろうか。

暗闇には、そしてローソクの炎や焚き火の回りには遠い時代から連なるゆったりとした時間の流れがある。キャンドルナイトが、ぼくを変える。すると、ぼくもその一部であるこの世界は、かすかにではあれ、確かに変わるのだ。」

この夏至の日の暗闇は、きっと何年たっても、続いてゆくことになるだろう。

「軍国主義時代といえども、良寛の伝説を根こそぎにして、消してしまうことはできなかった。そのことは非常に重要だ」。日本各地から集められて残った小さな話の数々は、江戸時代から明治大正昭和の軍国主義時代も消されなかった。それが、日本文化のもっとも重要な側面だと、鶴見さんは、ガンディーと良寛を並べる。良寛のやったことはなにか。それは、子供を見れば、袂に隠したまりを出して、一緒にまり突きをした。そのまりは、野にはえたゼンマイの頭にかぶった綿を集めてつくった。小さな庵に住み、七〇を超えて尼さんと自由恋愛をまっとうした。万葉調の歌や、あれだけの素晴らしい漢詩がかけるほどに勉強し、それを無言の業で忘れるだけ忘れた。そのことは、横よりも縦の広がりを持って、歴史を超えて伝えられてきた。良寛の伝説が、どうして残ったか。私はお話をお聞きして、それは、良寛の日々が愉しそうで、快楽主義者であったからではないかと考えた。

「聞き書き」の妙と、語りかけるようにリズムのある文章も、人々の間に「スロー」を掘り起こすための大事な要素になっている。様々な職業を通して人に出会い、話を聞いてきた時間の蓄積は、水俣の漁師、緒方正人さんへの聞き書き『常世の舟を漕ぎて』からも垣間見ることができる。不知火海をのぞむ水俣の女島の游庵と呼ばれる離れに、囲炉裏を隔て緒方さんと向かい合い、緊張感とくつろぎの中で語った、「システムの一部であることの自白」は、『スロー・イズ・ビューティフル』の中にも生きている。この本を綴ることになるまでの過程がどれほど豊かなものであったか。そのことに思いを馳せれば、ワクワクするし、勇気がわく。目次は、さながらレコードのように、どこから読んでもいいようになっている。やけに愉しそうな、畑、ツリー・ハウス、台所の時間からの音楽と、リズムをとりながら歩く足取り。

そんなこの本の時間にあやかって、京都のとんかつ屋さんで夕食をいただく。ずらりと並んだ漆黒の美しい陶器に整えられたお惣菜。じゃこや、おから、糸こんにゃくを取り囲む薄暗がりの安らぎ。どれも美味しそうで、選ぶのに時間がかかる。板前さんと鶴見さんが、愉しそうに東京と京都の味の違いを話している。何を食べたいか。どんな音楽を聞きたいか。

誰と出会うのか。そういう問いと別のところには生まれなかった「スロー」は、静かに、根源的に、ひとりひとりという地点に戻れと、ローソクを灯す。鍋に敷いて、ふろふき大根のように、静かにゆっくりと煮込んでゆくような暮らしが、私たちにはあるのだ。
この本を持って、第八章に登場する宇宙塵の家にオーガニック・コーヒーをいれにいった朝に、「出版の記念に」と、彼が差し出してくれた詩がある。

「頑張らないということ」　宇宙塵

頑張らないは、楽しい。
頑張らないは、愉快だ。
頑張らないは、自分の時を刻むこと。
頑張らないは、幸せだ。
頑張らないは、身体に良い。
頑張らないは、心にも良い。
頑張らないは、自分を知ること。

頑張らないは、元気だ。
頑張らないは、争わない。
頑張らないは、自然に優しい。
頑張らないは、人を傷つけない。
頑張らないは、ほんとうの「平和」。
頑張らないは、地球を愛し続けること。
頑張らないは、宇宙。
頑張らないは、私だ。

（ふじおか　あみ／スロー・ウォーター・カフェ代表）

ま行

や・ら・わ行

な行

は行

た行

さ行

索引

あ行

か行

平凡社ライブラリー　501

スロー・イズ・ビューティフル

遅さとしての文化

発行日…………2004年6月9日　初版第1刷
2022年11月19日　初版第6刷

著者……………辻信一

発行者…………下中美都

発行所…………株式会社平凡社
〒101-0051　東京都千代田区神田神保町3-29
電話　東京(03)3230-6579[編集]
東京(03)3230-6573[営業]
振替　00180-0-29639

印刷・製本………中央精版印刷株式会社

装幀……………中垣信夫

ISBN978-4-582-76501-4
NDC分類番号113
B6変型判(16.0cm)　総ページ264

平凡社ホームページ　https://www.heibonsha.co.jp/

Ch・ダーウィン著／渡辺弘之訳
ミミズと土

進化論で著名なダーウィンの輝かしき経歴の最後を飾る「ミミズの働きによる肥沃土の形成およびその習性の観察」（一八八一年）の完訳版。

解説＝スティーヴン・J・グールド

中川裕著
改訂版　アイヌの物語世界

アイヌ＝「人間」とカムイ＝「人間にない力を持つものすべて」が織りなすさまざまな物語──『ゴールデンカムイ』の監修者がひもとく、豊かなアイヌの世界観と口承文芸の魅力。

R・カーソン著／上遠恵子訳
海辺
生命のふるさと

海はすべての生命の原点と考えたレイチェル・カーソン、不朽の名著。精緻なイラスト満載。〈自然・環境〉コーナー必備！

奥野良之助著
金沢城のヒキガエル
競争なき社会に生きる

生物は競争原理では生きていない？　金沢城址の池に生息するヒキガエル1526匹を9年間調査した感動の記録。滅茶苦茶面白い生活誌によって衝撃の生物世界が解明される。

解説＝紀田順一郎

カレル・チャペック著／飯島周訳
園芸家の一年

いつも土作りや植え替え、水やりのことで頭がいっぱい──そんな園芸家の〈あるある〉を愛情たっぷりに描く園芸エッセイ。チェコ語原典訳ついに文庫化！

解説＝いとうせいこう